# 引言

　　瓦克马长老和塔虎走在火村的原址内，火村曾经固若金汤。但是拉希出现的那一晚，它却惨遭践踏，陷入一片岩浆火海之中。

　　"为什么带我来这儿?"塔虎问道，"岛上还有很多隐蔽的地方，我们不一定要在这里讲美特吕的故事。"

　　"岛上是有很多地方。"瓦克马说，"但是这里最合适。你看看周围，塔虎，这里曾经是你的家园，但却成为一片废墟。当火村不存在了，你会觉得失落、悲恸、内疚、愤怒……是不是?"

　　"是的。"

　　"那么这里就是讲美特吕的故事的最佳地点，"瓦克马接着说，"一千年以前，曾经有六位美特吕战士，我就是其中一个，我们守卫着一个名为美特吕的城市。马古他侵略了我们的城市，虽然我们尽了最大努力，却没能救出全部马特兰人，而那座城市……也被践踏得面目全非。"

瓦克马轻轻摇着头，痛苦的回忆在他脑子里涌现出来。"我们逃了出来，找到了一个新的家园，就是这里——马他吕岛。但我们还得回去救其他人，这是我们唯一能做也是不得不做的事。"

"你听起来好像后悔做了这件事，"塔虎疑惑地说，"你们是战士，保护马特兰人就是你们的责任，除此之外还有什么事比这更重要呢？"

"我们可以做得更漂亮！"瓦克马突然转向塔虎说，"我们可以团结一致，共同对敌，这样的话，恐怖的魔兽就不会出现，万毒蜘蛛的网也织不起来。"

"魔兽……万毒蜘蛛……我不明白这些都是什么。"塔虎回答道。

"那你应该感到高兴，"瓦克马说，"你应该感到高兴，它们不会在你的头脑中挥之不去，在你的睡梦中萦绕，就像千百年来，它们一直在我的梦中出现一样。"

瓦克马从口袋里掏出一块黑色的石头。塔虎很熟悉这块石头，每次他们在沙滩上讲美特吕的故事，这块石头就用来代表马古他——所有马特兰人和战士的敌人。

"我不懂，"塔虎说，"你和其他战士打败了马古他，把他封进坚不可破的液态能量原晶体里面。难道他是假装失败，在美特吕等你们回去自投罗网吗？"

瓦克马举起那块石头说："不是的。告诉我，塔虎，你仔细看过这块石头吗？它不是一般的石头，不是我们在马他吕海滩上随便捡来的，它的意义很重大，它算是一个……纪念品吧。在我讲完故事之后，你就会知道它的来历了。"

　　夜幕降临，瓦克马开始讲他的下一段故事，塔虎静静地坐在那儿听着。他突然有种奇特的感觉，似乎周围越来越浓重的黑暗也都聚拢过来听故事了……

　　瓦克马成为战士之后，打败了莫布扎克，也遭遇了疯狂的石鼠群，还和马古他面对面直接较量过，他深知每次面对敌人都有死亡的可能，但却从没想过自己可能会这样死去。

　　现在，看起来火战士要以一种他从未想到过的方式结束生命了，杀死他的致命原因连他自己都觉得不可思议，那就是白热火焰。他被敌人灼热的火焰攻击得站立不稳、跪在地上的时候，心里唯一的想法就是：

　　其他的战士永远都不会相信这件事的。

　　任务开始的时候总是很简单。美特吕战士们终于到达围绕在美特吕外面的银海岸边，那座城市中的竞技场下面，沉睡着全城的马特兰人，如果战士们不回去，他们将永远昏睡在那里。因此战士们目前要做的就是穿过银海，回到美特吕。

不幸的是，他们忘了一件事，在上次航行之后，他们就丢弃了那艘瓦奇交通车改造的船。现在这个荒岛上没有任何他们可以使用的交通工具。有个办法就是让会飞的战士带着不会飞的一起飞跃海峡，但是这个办法很危险，因为路程很远，而且战士们也未经练习，贸然前往很可能坠入海中。

所以只能造一艘船了，战士们各自去找材料。马陶自告奋勇去海底，要找一找有没有废弃不用的管子。奥奈瓦和威诺瓦打算造一个筏子，正在四处搜寻材料。诺加玛和努祖觉得既然是古代人开凿了这条隧道，说不定他们也在周围藏了些古代船只，于是两人到处搜寻废旧的船。只有瓦克马没有什么想法，于是他四处溜达，看看能不能找到什么有用的东西。

他已经发现好几个空荡荡的密室，因为这里曾经是马古他的老窝。这些密室都荒废了很久，看守它们的异兽也都逃走或者死掉了，不过里面都没有什么能用得上的东西。

瓦克马准备回去加入诺加玛和努祖的搜寻小队，这时他突然看到一扇隐蔽的密室大门。这扇门伪装得很好，看上去和隧道的石壁没什么两样，瓦克马想，既然马古他用心伪装了这扇门，说明里面总有些重要的东西，于是他熔化掉门锁，推门走了进去。

密室里只有一块光线微弱的发光石，四周围满了架子，上面摆着的都是瓦奇和克拉力的机器四肢，地上也有一些机器兽的肢体和指令处理器，看上去就像石村的一个瓦奇制造厂。

马古他怎么有这样一个地方？瓦克马想，瓦奇是马特兰人制作出来保护城市安全的，和马古他没有任何关系，除非……

瓦克马的眉头拧到了一起。马特兰人在制作瓦奇的时候非常谨慎，它们既要能维持治安，又不能伤害任何马特兰人。很可能马古他为了自己邪恶和危险的目的，打算重造这些机器兽。

美特吕绝不会想念你，马古他，瓦克马想，我祝你永远被封在晶体里。

这时有件东西吸引了火战士的注意，他翻开一堆瓦奇的肢体，发现下面压着一条瓦奇交通车的腿。于是他开始在密室里翻找起来，一边想着马古他的实验室里居然也有能帮助马特兰人的东西，一边把找到的材料整理到一起。

突然有一团火焰打到他背上，就像火村的岩浆坑里溅出来的火球。瓦克马回头看去，发现有什么东西从大门那里走过来。起初它看上去是一片橘红色的模糊身影，浑身散发着热气，随后它慢慢幻变成为一个火人，在瓦克马和密室大门之间熊熊燃烧着。

"你能说话吗？"瓦克马问。

火人没有回答。

"如果你是马古他的奴仆，他不会回来了。"瓦克马继续说，"你可以走了，明白吗？"

火人烧得更猛烈了。作为火战士的瓦克马，对火元素能量运用自如，熟悉各种火的特性，但此时连他都被它滚烫的热浪逼得后退了几步。火人好像感觉到对手处于弱势，于是它开始步步进逼。

瓦克马迅速装好并且发射出飞盘，但火人也射出一道火焰，在空中就把飞盘熔化掉了。

火战士又射出一颗火球，不过他自己也知道这没什么用，果然火人也射出一颗同样的火球，两颗火球在空中相撞，能量相互抵消。瓦克马将第三颗火球射向对手的脚下，熔掉了火人下面的石头地面，而火人并没有躲开，它动也不动，发出了一股向上的热气托住自己。

我还真能跟这个家伙学两招儿呢，瓦克马想，不过我得先活到战斗结束。

密室的气温随着战斗的进行越来越高，火人就像个熔炉一样，想用火焰和热力的能量打败瓦克马。让火战士惊异的是，它确实做到了。瓦克马发现周围的瓦奇肢体在慢慢变软，更糟的是他自己的护甲也要开始熔化了。

我用的就是火元素能量，但是，它本身就是火元素，瓦克马想，新型火焰弹可能会把这家伙干掉……不过它也会毁了整个隧道和隧道里面的其他战士。

瓦克马绞尽脑汁，总有什么办法能打败这个家伙！现在真希望努祖在这儿，因为他聪明，而且他还有冰能量。对，或许冷却是个好办法……

火战士停止了攻击，冷却确实是个好办法，而且没有努祖他也可以做到。虽然之前他从未试过，不过现在没有时间做试验了，在他被熔化成一摊水之前必须开始行动。

他集中精力，强迫自己不去注意自己在战斗中的弱势，开始召唤元素能量。他曾经有一次就是这样把外面的火焰和热量吸收到自己身体里，救了自己和奥奈瓦。这次他的任务要艰巨得多，他要把整个密室中的全部热能都吸收掉。

密室的温度开始慢慢降低，火人似乎有点儿迷惑，于是它更努力地燃烧起来，想给周围加温。瓦克马毫不留情地把它增加的温度都吸进自己的体内，他的身体像星星一样在黑暗中发着光，他看到密室的墙壁和地面上开始结冰，火人则转身奔向大门而去，企图逃脱被冻住的命运。

瓦克马强迫自己达到了自己所能承受的极限温度，甚至超越了这个温度，体内巨大的能量和外面极冷的温度让他觉得自己就要崩溃了。终于，火人支持不住，向后倒下，它的火焰上结了霜，很快那些霜就变成厚厚的一层冰。

战士终于赢了，可他一点儿高兴的力气都没有，精疲力竭的瓦克马被冻得快要晕过去了。但是他知道自己绝不能晕倒，一旦他丧失神志，他体内的热量就会无意识地喷发出来，不仅会烧死他自己，也会烧到隧道里的其他战士。

瓦克马强迫自己向前走，身上的冰碴儿纷纷落下。他努力举起手，如同举起整个美特吕城一般沉重。然后他发射出体内积存的能量把密室的石壁击个粉碎，周围的一段隧道也就此坍塌。

就在这最后的几秒钟，火战士突然意识到，他刚刚面对并且战胜了的，很可能是一种来自于他自身的黑暗力量。

们或者都被干掉了，或者正忙着应付这些异兽。不管哪种情况都比我们预想的要糟糕。"

"我真想看得更清楚点儿，"努祖接着说，"可是雾太大了，那里似乎还有别的东西……我看不清楚是什么。它们在城市里到处横行，穿梭于建筑之间。我真替美特吕担心。"

瓦克马对这一消息的反应就是催促马陶加快速度。风战士本来很喜欢飙车，只是这汪洋大海让他也没办法瞬间就到达美特吕，于是两人争执起来。

"天已经黑了，"马陶说，"而且到处都在打闪，暴风雨可能要来了，现在开那么快根本不行。"

"我们必须加速。"瓦克马回答。

"鉴于努祖看到的那东西不大正常，"奥奈瓦插嘴说，"我建议派一两个人先去打探一下情况，好知道美特吕到底发生了什么。我愿意去。"

瓦克马摇摇头说："我们别再耽误工夫了。我不想让马特兰人民再那么沉睡下去，他们已经睡得够久了。"

"要是我们在海上遇难，那他们会睡得更久，"马陶嘟囔着，"这东西在平时的海面上走就够费劲了，能不能坚持过暴风雨都不知道呢。"

正说着，一个大浪打到"力刚二号"的甲板上，瓦克马和奥奈瓦都紧抓着栏杆才没有被冲下海去，可是瓦克马主意已定，他要求马陶继续航行。

"等在这儿只能给拉希机会让它们潜入竞技场，伤害马特兰人。"他强硬地说，"所以我们必须加速，如果想在平静安全的海面上航行，我们就不该成为战士。"

马陶看着他的背影，自语道："也许我们中确实有

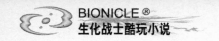

个人不该成为战士。"

水村马特兰人喜欢赛船。他们在闲暇时候会聚集到运河边，放出各自的船模型，比赛谁的船行驶得最快。有些胆大的人专门等着堤坝开闸的时候，那时大量的液态能量原从运河中急泻而下，流入海洋，小船们就在其中漂流翻滚，很多都撞碎在旁边的石壁上。

诺加玛现在了解到那些参赛的船模型有什么感觉了。两股强大的风暴同时袭击着"力刚二号"，把它拽向这边，又扯向那边，巨浪一个接一个打过来，他们的船随时可能沉没。瓦克马让努祖、奥奈瓦和威诺瓦尽量放低重心，以免被扫下船去，自己则在驾驶舱看着马陶正为迅速驶向美特吕而和风暴奋力搏斗。诺加玛在船头想用水能量控制住已经发了狂的大海。

"没有用！"她喊道，"风暴太强了，我控制不了！我们得回去！"

"现在能回哪儿去？！"马陶喊，"我们已经到了大堡礁了，往前还是往后都一样。"

"我们要是不能穿过去，就在风暴里行驶也可以，"瓦克马说，"总之我们得前进。"

"什么时候火村人成了航海家了？"马陶吼，"你以为我现在在干吗？"

还是大海结束了这次争吵，一个巨浪把他们的船托起来，抛到空中。在他们飞到最高点的时候，闪电又劈中了船头，把一大块船体削了下去。顶起小船的海浪还在快速把它向美特吕的方向推送过去。

"抓稳了！"瓦克马喊着。

和那些水村的船模型一样，"力刚二号"落下来的时候狠狠地撞在海面上，摔成了碎片。交通车零件和卡扎尼的树枝散落得到处都是，但是战士们却不见了踪影……

一只小爬虫样的异兽正在林村海边的碎石中穿行。风暴过后，这里常常会有被潮水带过来的迷路的小鱼，而大型动物一般都不会在有暴风雨的时候待在海里，所以现在是绝佳的觅食时间。

突然它旁边的沙子里一阵搅动，小爬虫睁大眼睛一动不动地盯着那东西，想知道究竟是另一个食物，还是被风暴带过来的海洋异兽。当奥奈瓦的脑袋从泥沙里冒出来的时候，小爬虫惊跳起来，然后飞快地逃走了。

"呃……真是，臭死了。"石战士说。

这时第二个怪物冒出来，浑身缠满海草和泥沙，看上去连档案研究员都不会喜欢这种异兽的。奥奈瓦也被这怪物吓得惊叫了一声，然后他用石锥把自己从泥沙里挖了出来。那怪物抬起满是泥浆的胳膊，用手擦去脸上的泥沙，原来是冰战士。

"现在看来是我们的航行有问题。"他慢慢地说，"驾驶员的问题。"

马陶的头和肩突然从两个战士中间的泥地里钻出来，他气呼呼地瞪着努祖说："嘿！我是奉命行事，瓦克马才是发号施令的人！"

"没必要责怪别人啊，马陶。"

三位战士都转头看到诺加玛从水中站起身来。"不论过程如何，"她继续说，"我们总算是到达美特吕了。"

"是啊，好吧……管他呢，"马陶一边嘟囔，一边挣

扎着想从沙石中出来，"就没人帮个忙吗?"

威诺瓦出现了，他用地震钻清理走一些石头，把马陶拉出泥潭。

"多谢。"马陶说。

"我就是干这个的，"威诺瓦回答，"大家都没事儿真好，不过，瓦克马……"

"我们要整晚都在这儿站着吗?"瓦克马的声音传过来，他已经站在美特吕城黑黢黢的街道上了，"还是去救马特兰人?"

小爬虫飞快地跑着，自从城市陷落之后，它见过不少奇怪的东西，但是今天在海边看到的这些可真够吓人的。惊吓过度的小虫子光顾着害怕，没注意自己正跑向一个更恐怖的地方。

它绕过一堆乱石之后，撞到一张很薄却很坚韧的网上。经过一番挣扎，似乎粘得更紧了，于是它只好静静地等着网的主人出现。

过了一会儿，一只黑色的蜘蛛形异兽走了过来，轻蔑地看着它的猎物。它本打算抓些在城里游荡的大个异兽，没想到却是这样一个小东西。

小爬虫吓得要命，它深知眼前这个家伙是什么，它在林村看到过不少这种蜘蛛异兽。那些大个的异兽看到它们都四处逃亡，但却逃不出它们布下的天罗地网，最后被结成茧挂在网上，生死不明。

小爬虫想了想，决定向蜘蛛解释一下它为何跑得这么快，怎么被网子粘住的，说不定蜘蛛会放它走。它迅速把自己在海边觅食时遇到泥沙中的大怪物的事情讲了一遍。

的刀割断这张网，又想到这样乱动肯定会引起那只异兽的注意。

他想得没错，他的动作确实引起了注意，但不是异兽，而是三只瓦奇。它们从树丛里站了起来，盯着无助的马陶，眼睛里闪着红光。

三只瓦奇同时从四足兽型变成两足人型，同时举起了昏迷枪瞄准马陶，而令人惊讶的是，它们同时开口说话！

"投降吧，入侵者……否则就受死。"

　　马陶振作精神，准备逃脱那张网，瓦奇的昏迷枪只能扰乱人的意识，不会造成身体上的伤害，如果粘在网上不能动那就危险了。

　　"投降，入侵者。"瓦奇重复道，它们机械的声音非常刺耳，却又像谜一般平静。这和它们居然能开口发声说话一样吓人，瓦奇们本应该通过超声波交流的，它们从来不会使用语言。

　　马陶听到了威诺瓦地震钻旋转的声音，瓦奇们也听到了，其中的两个立刻转身过去搜查。"威诺瓦！小心！瓦奇！"风战士叫道。

　　剩下的这只瓦奇朝马陶发射了一发昏迷弹，马陶拼命闪身躲开了，昏迷弹擦着他的头，打在旁边的蜘蛛网上，烧了一个大洞。

马陶的眼睛在面罩下面惊讶地圆睁着。瓦奇的昏迷弹不可能有这种威力！这些家伙是特制的，和之前那些保卫城市维护治安的瓦奇军完全不同。这里到底发生了什么事？

这时他的左方传来一发昏迷弹发射的声音，他听到威诺瓦哼了一声倒下了。其他的战士马上就会过来，但是马陶也不能保证他们能及时到达。瓦奇的昏迷弹已经把蜘蛛网打破，虽然洞不大，但是足够马陶挣脱了。

风战士突然向前一跃，好似要做个空翻的动作，他身后的蛛网被撕开一大片，同时他也用空气刀割断了不少。但是两发昏迷弹同时打中了他，马陶被冲击力推到蛛网后面的空地上。虽然他挣脱了蜘蛛网，但是脑子里却昏昏沉沉的。

威诺瓦那边的情况也不太好。他被两只瓦奇偷袭，昏迷弹的能量也更大。现在它们站在他身边，要他选择投降还是受死。

不过他选了第三项。威诺瓦发动元素能量，两只瓦奇脚下突然有两根坚实的土柱拔地而起，直把它们推上云霄，接着威诺瓦坐起来，用地震钻将土柱推倒，两只瓦奇从高空跌落下来。等它们都从震惊中清醒过来，再变身为飞行状态，然后着陆，这段时间足够威诺瓦跑回去找其他战士。

他往回跑了没几步，就听到身后机器坠毁的声音，威诺瓦回头看着噼啪爆响成了废铁的两堆机器，心想它们为什么没有试着飞行呢？

两只瓦奇静静地躺在地上，它们的机器身体在落地时严重受损。然而，它们的各个零件开始聚拢，痛苦地扭曲着，慢慢地恢复到原形。那些弯曲的钢筋重新变直，粉碎的外壳又焕然一新。

红光又开始在它们眼睛里闪起来，接着它们用昏迷枪当做前肢，像异兽一般四足着地，一边嗅着入侵者的味道，一边向威诺瓦离开的方向走去。

它们体内的程序此刻已经很清楚了。如同之前一样，瓦奇军的责任就是防止美特吕陷入混乱。不幸的是，任何活着的人都是造成城市混乱的根源。之前的地震虽然毁了这座城，却也同时让瓦奇们看清了这个事实，从而永远改变了它们的任务。

不管怎么说，美特吕终究不会再陷入混乱了……如果城里一个活人都没有的话。

④

　　两只万毒蜘蛛站在林村高空中的蛛网上，任何其他
生物都很难透过下面浓密的树叶和深重的雾霭看到地面
上的情况，但是万毒蜘蛛的眼睛十分锐利，它们认真侦
察着美特吕残破街道上的各种情况。

　　地战士和风战士又回到队伍里，统一行动才能加快
速度。一旦万毒蜘蛛看到了下面的动静，它们就会通过
蛛网传递消息，召集更多的蜘蛛大军向这里进发。而同
时也有十几只瓦奇正在赶往此地。

　　情况显而易见，露达姬下令把战士们抓回去，不论
死活。但是瓦奇却不打算留下一个活口，更不会把战士
进献给毒蛛魔后。真是这样的话，露达姬一定会气得发
疯。

其中一只万毒蜘蛛颤动了蛛网，传递出一个消息，通知整个区域所有其他的蜘蛛，要密切监视战士和瓦奇们，伺机行动。如果威诺瓦和马陶知道是谁刚刚在暗中保护着他们，一定非常震惊。

当然，等战士们遇到魔兽，就明白生不如死是什么意思了。而且说不准，露达姬一高兴会因此而奖励它们呢。

"会说话的瓦奇？"努祖不相信地问，"而且还向你开火，差点儿要了你的命？你是不是累晕了，马陶？"

"我也看到了，"威诺瓦说，"它们准备杀了我们。"

"可是它们并没有那么做。"瓦克马打断他说，"而且我们没时间讨论瓦奇了，救马特兰人是头等大事，要是它们挡路，我们就把它们打倒。"

"要是它们挡路？"马陶说，"它们不会傻傻地等在路上，像要给你命名节惊喜似的！"

"放轻松，马陶。"奥奈瓦说，"你们俩看到的那些瓦奇跟以往有什么不同吗？它们长什么样？"

马陶立刻摇了摇头，但是威诺瓦想了一会儿，然后说："没错，确实有点儿不同。我开始没注意到，不过……它们的头盔上有个痕迹，是烧焦的烙印。"

奥奈瓦转向风战士："林村巡逻队的营房在哪儿？"

"交通控制中心旁边，怎么了？"

"快走，"石战士说，"我想我猜到怎么回事儿了。如果我是对的，瓦克马，把马特兰人救出来就更加困难了。"

战士们走近交通控制中心的时候，马陶甚至不想看它一眼。作为一个林村人，他的空余时间都在这里度过，看着村民装配和试驾各种交通车。现在交通控制中心的圆顶上有一个巨大的破洞，奇怪的藤蔓植物爬满了它的外墙，周围的地面上都是散落的碎石和交通车残骸。这是第一次，马陶突然觉得马特兰人能一直沉睡其实是件幸福的事。

"最好别乱想。"诺加玛就像知道马陶在想什么似的，"我希望最好能不去水村，我可不想看我的学校和神殿现在是什么样子。"

马陶什么也没说，他已经决定暂时不使用自己的飞行技术，看到的越少越好。

"快来！"奥奈瓦喊。马陶和诺加玛快步赶上去，大家来到林村的瓦奇军营房。威诺瓦推开扭曲的大门，战士们在门外准备迎接任何突然出现的危险。

但是没有什么东西冲出来。威诺瓦用夜视面罩照亮营房内部，里面到处是零乱的电线和破损的能源站。当瓦奇不需要巡逻的时候，它们就在一个个能源站里休息充电，电力来自能源树。

"照照这边儿，"奥奈瓦边说边走过去翻找起那些废料，"我的第一个线索就是你们说你们能听懂瓦奇说的话。"

"对，"威诺瓦回答，"人人都知道瓦奇是不会说话的。"

"没错。石村之外的人都以为瓦奇不会说话，"奥奈瓦说，"记住，虽然是地村人设计了瓦奇，但它们却是石村人装配起来的。"

石战士捡起一颗烧焦的瓦奇头，还有一只胳膊，说："被打成了这副德行。肯定还有不少这样的瓦奇，不然这城市早就秩序井然了。"

他把瓦奇脑袋扔给威诺瓦，接着说："瓦奇一直都是说马特兰语的，只是他们音调高速度快，所以没人能听懂。当你们说它们居然能说正常的马特兰语时，我就知道肯定有什么东西修改了它们的语言中枢，而且，应该是全部的瓦奇都被修改了。"

奥奈瓦弯下腰，抓住一个能源站猛地将它拔了出来，然后把它搬出营房，扔到战士们的脚下。能源站的金属壳已经烧焦，还有一部分甚至熔化掉了。

"看这个。马古他向能源树上加载了过多的能量，于是营房里的瓦奇大部分被毁掉了，那些没在能源站里充电的……它们的程序被修改了。"

这时几颗能量弹朝美特吕战士们呼啸而来，大家闪到一旁，能量弹把营房的墙壁打穿了几个洞。战士们放眼望去，发现六只瓦奇正朝他们步步进逼。

瓦克马升起他的飞盘发射器，努祖也举起了冰镐，准备对付眼前的敌人。而站在他俩之间的马陶却举手按住了他们的武器。"不行！"他小声说，"我不能让林村再遭到战斗的破坏了，我们躲进交通控制中心去，我有个主意。"

逃走和躲起来可不是其他战士此时的想法，但是战士们有个重要的不成文的规矩，当你身处某位战士管辖的区域时，就要尊重他的意见。这里是马陶的家，于是其他五位战士都悄悄地跟着他溜进了交通控制中心。

风战士使用了他的幻觉面罩，将自己变身成为一只瓦奇，他小心地在自己脑袋上特定的那个位置做了一个烙印，然后大胆地朝着门外进来的几个瓦奇走去。

领头的瓦奇上下打量了他一番。"报上你的营房和分部编号。"它说。

马陶飞快地想了一下，说："唉，别把时间浪费在这上面，那些入侵者要逃走了！"

"报上你的营房和分部编号。"那只瓦奇重复了一遍。

"我可以告诉你们我现在要去的营房和分部，就是你们那里，我要向你们的长官汇报你们的无能和愚蠢！"马陶说，"入侵者已经朝火村去了，加快速度的话我们还可以追上他们。"

一只瓦奇向前一步说："他们刚才在这儿？你看到了？"

"是啊。"

"可你让他们跑了？"

马陶这时才发现自己说错了话，可是已经晚了。"呃，也不是这样……你看，他们都已经……"

瓦奇根本不顾马陶在说什么，它说："功能完好的瓦奇不会让任何违法者逃掉。这个机器的功能显然有障碍，我建议把它关掉送去维修。"

其他瓦奇点点头，六只瓦奇同时举起枪，瞄准了马陶变成的机器兽，准备朝这个程序出问题的家伙发射能量弹……

在交通控制中心里面，其他战士小心地在废墟中行进着。威诺瓦已经关掉了面罩上的灯，以免引起这里暗藏着的瓦奇的注意。奥奈瓦被一根管子绊倒，差点儿摔在地上。

"什么玩意儿！"他低声怒喝道，"我猜地震之前这个地方就是一团糟!"

"石村人什么时候开始爱整洁了?"努祖嘲讽地问。

"从我替别人收拾破房子开始。"奥奈瓦回答,"马陶这个家伙怎么还不回来?"

"他可能正给那个小队下命令呢,"威诺瓦笑着说,"然后把它们领到……"地战士的声音突然变小了。

诺加玛转身看着他,她几乎看不清威诺瓦的样子,但是她看到他正面对着墙壁,仔细检查着上面的什么东西。"是什么?"她问。

"你自己来看,"威诺瓦回答,然后把一小束光打在金属墙壁上。只见天花板上吊着一张四处可见的蜘蛛网,但是网中央有个他们之前从没见过的东西,很像是一个被咬破的大茧。

"你觉得那里面是什么?"瓦克马问。

"不知道。不过不管是什么,它已经破茧而出了,"威诺瓦回答,"而且我相信它就在我们周围。"

马陶尽量不去注意正对着他的六支枪。是他让战士们躲进交通控制中心,然后自己来和瓦奇们周旋的。就算不成功,他至少也为朋友们争取了逃脱的时间。只是他不知道自己被打晕之后,是否会变回战士的样子,他希望这样,不然那些机器兽说不定就要当场"维修"他。

瓦奇准备发射能量弹,马陶睁大眼睛看着他们,毫不畏惧。

这时他突然发现远处有什么东西,开始他看不清楚,后来发现那是一颗能量球,正旋转着从高空中飞过来,急速落在瓦奇的头顶上。

能量球落下来后，挨个击中了几只瓦奇手中的枪，凡是它碰触过的地方，都像被浓酸腐蚀了一样烧得无影无踪。

这是什么？马陶一边想一边看着那东西又飞走了。我什么时候也弄这么一个就好了。

瓦奇们立刻乱了阵脚，它们的光感扫描器四下搜寻着胆敢阻碍它们行动的人。马陶趁机溜回交通控制中心。

在寒冷的高空中，万毒蜘蛛站在蛛网上，用凶狠又尖利的眼神看着下面刚刚发生的这一切。瓦奇们忙乱一阵之后会去寻找其他的猎物，而那些战士则傻乎乎地躲进了交通控制中心，以为自己很安全了。

一只万毒蜘蛛发射了另一颗能量球，在空中划过一道耀眼的弧线，落到交通控制中心的正门口。它重重地砸到地面上，掀起了几吨重的巨大石块，把战士们进入交通控制中心的大门堵得死死的。然后，万毒蜘蛛又在坚固的蛛网上传递出一个消息，没有一只蜘蛛敢不服从。

战士们还慢慢在千万张蛛网中穿行的时候，一片巨大的阴影笼罩了过来，吞噬了一切道路。所有的异兽都仓皇逃走，林村陷入未知的恐慌中。那些没能躲藏进废墟下洞穴中的异兽，在黑暗之中瑟瑟发抖，心中充满了恐惧：万毒蜘蛛，生命的盗贼，将再一次到来。

马陶听到身后大门被堵住的那阵巨响，还以为是瓦奇们发现他溜走，正在发泄自己的怒火。他在交通控制中心的走廊里飞快地走着，寻找其他战士的踪迹，即使被破坏得一塌糊涂，这座建筑仍然是马陶最熟悉的，他在黑暗中迅速查找着。

战士们的说话声从上面传来，看来他们是往试驾室去了。马陶找到一架梯子爬了上去。

他脚上的护甲撞击阶梯的声音吵醒了一只在黑暗中沉睡的怪兽，它睁开红色的眼睛，正好看到它新家里的这个陌生人。于是怪兽舒展开身体和翅膀，悄悄地跟在马陶身后。

虽然美特吕城已经残破不堪，但是试驾室却完好无损。因为它本身的结构就是层层加固的液态能量原晶体，用来阻挡马陶这样的试驾员在试车时常出现的撞击。瓦克马怀疑新型的瓦奇都不一定能穿透这些墙壁。

威诺瓦随身带上了他们刚才发现的那只茧，边走边仔细观察着构成茧的物质。这种物质和他曾经见过的任何物质都不一样，纤细却又非常坚韧，想把其中一根丝揪断都很费力。他缓慢地旋转地震钻，想看看能不能在这上面钻个洞。

突然地战士的手像是被针刺了一下，他立刻把茧扔在地上，然后疑惑地检查着自己的手。

"怎么了？"努祖问。

"茧上有什么东西蜇了我一下。"威诺瓦回答，他把手伸出来说，"你看。"

努祖调整好面罩上显微镜的功能，确实，茧上有个肉眼看不到的小东西。冰战士捡起那只茧，细细察看起来。

"小钩刺，"他说，"茧的内壁上有一排小钩刺。"努祖伸手进去，非常小心地拉出一条丝来，他仔细看着，发现钩刺的里面有一滴非常细微的黄铜色液体。

地战士皱着眉问："那是什么？一种新型的活质液态能量原？"

努祖看了一会儿说："不是，颜色和质地都不一样。我看像是某种有机物……可能是某种毒液。"

毒液。这个词唤醒了威诺瓦内心深处的某部分记忆，它正挣扎着浮现出来。自从奥奈瓦提到"万毒蜘蛛"这个词，这部分回忆就从威诺瓦的脑海里隐隐地闪过，只是当时他正忙着观察那些美特吕和新岛屿之间的奇怪异兽，并没有注意这些。而当他们回到美特吕看到四处布满了蜘蛛网的时候，这种感觉更强烈了。现在，威诺瓦似乎已经清楚地看到这部分记忆，但他却意识到，关于万毒蜘蛛自己不知道的事情太多。

"你觉得是谁做了这个茧？"地战士问。

"不知道，"努祖回答，他继续前进并赶上了其他战士，然后说，"很多东西我都不知道，比如这种病毒能有什么危害，这里有多少这种茧，它们又都是干什么用的？不过我想我们需要解决这些问题，才能完成任务。"

马陶此时就要爬到梯子的顶端了，眼前就是试驾室的入口，他迫不及待地要去告诉其他战士那个打掉瓦奇枪的能量球的事，这东西在解救马特兰人的时候一定能派上大用场。

这时他突然停下脚步。在梯子最上方出现了一个黑影，马陶只能看清它有两条胳膊两条腿，其他的就是一团黑暗。这东西抓住了梯子，冲着马陶慢慢爬下来。

快速爬上去，但是不能硬碰硬，风战士想，说不定我能把它吓跑，避免一场恶斗。

"让开，"马陶大声说，"我是一名战士，正在执行任务。我很强壮，而且现在正在气头上！"

那个黑影停住了，然后它缓慢而从容地举起了拳头，朝着墙上猛地一砸，顿时，一颗巨大的声音弹在房间里爆炸开来，马陶被震得从梯子上掉了下去。

其他战士闻声赶来，努祖关于茧的理论立刻被忘掉了，大家拥到走廊里，看见这个黑色的云雾状的家伙正在等着他们。

努祖戴好意念遥感面罩，同时警告性地朝那黑影扔了一块砖石。没想到那家伙躲也不躲，任凭石头砸到自己身上。石头打到它之后激发了第二颗声音弹爆炸，美特吕战士全都被声浪震出去，摔在墙上。

"我就是喜欢美特吕这一点，"奥奈瓦说，"你总能发现新东西。"

石战士召唤自己的元素能量，很快在对手周围用碎石筑起了一圈石墙。奥奈瓦以为那黑影会因此怒火冲天大声尖叫，但它只是耸了耸肩。它轻轻碰了一下石墙，所有的碎石块立刻爆炸般飞散出去，砸在了地上、墙上、天花板上，连战士们都险些没有躲闪开。

"干得好。"威诺瓦说。

"还不够好，"石战士回答，"它还站在那儿呢，它还……"

奥奈瓦静默下来，威诺瓦知道这表明他脑子里又有了新点子，而且通常都是些十分冒险仅有一丝希望的点子，奥奈瓦就喜欢这样。

"你们守着它，"石战士说，"我马上回来，别让它闲着，干什么都行，就是别攻击它。"

"我们跟这个新朋友玩飞盘的时候你要去干吗？"瓦克马问。

"我有个主意。"奥奈瓦一边跑走一边说，"但是我需要马陶帮忙。"

"哦，明白了。"威诺瓦看着他的背影说，"开始我还担心呢，不过一听说你需要马陶的帮助，那就是另一回事儿了。"

"你现在不担心了？"诺加玛问。

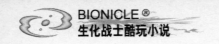

"不担心。我现在开始害怕了。"

奥奈瓦飞快地穿过走廊，他跑到通往楼下的梯子旁边跪下来，在黑暗中寻找马陶，他突然有点儿后悔没跟威诺瓦借夜视面罩用用。

"马陶！"他喊起来。

"奥奈瓦？"下面传来马陶虚弱的声音，"其他人呢？"

"在上面打呢，我们需要你，"石战士回答，"你受伤了吗？"

"我正挂在剩下的这截梯子上，"马陶回答，"浑身都疼，不过还活着。"

"你现在还能飞吗？"

"垂直向下的话，可能没问题。"

奥奈瓦把石锥插进地板，然后自己抓住石锥，顺着梯子向下爬去。他大概知道马陶的位置，尽量伸展手中这根石锥，然后把另一根递给马陶："抓住！"

他感到有人抓住了石锥，于是振作了一下精神，告诉马陶可以放开梯子了。接着，奥奈瓦一个人支持着他和马陶两个人的重量，在黑暗中一点点慢慢地爬了上来。

"快走，老弟，"石战士说，"我们在路上说。"

等到他们俩回到战士中间，马陶已经了解了奥奈瓦的计划。正是瓦克马之前和火人的战斗让奥奈瓦想出了这个点子，不过这次要危险得多，一个小闪失都会铸成大错。

　　他俩不在的时候战士们也没占什么上风，很明显那团黑影已经不大耐烦这种战斗，只想等待一个好时机把它的敌人们彻底干掉。战士们进攻的时候，它就纹丝不动地站在中间，好像在风暴的中心一样，任凭各种能量击打在自己身上，然后反射出声音弹，把战士们打倒在地。

　　奥奈瓦和马陶绕到了那黑影身后。"努祖，我需要密封这条走廊！"

　　即使有人想发问，他们也会等到战斗结束之后，努祖和奥奈瓦一起发动元素能量，把自己和敌人封进一个密闭的冰石罩子里。

　　"马陶?"奥奈瓦说。

　　"知道了知道了，别催我。"

　　风战士闭上眼睛，集中精力。瓦克马曾经成功地将火焰和热量吸进自己的身体，因此马陶也应该可以把空气吸进来。不过现在他发现这比想象的要难很多，特别是在爆炸使他的脑袋还在嗡嗡作响的时候。

　　此时努祖和瓦克马已经看懂了奥奈瓦的计划。"屏住呼吸，"瓦克马对其他人说，"无论如何别张开嘴。"

　　威诺瓦正要开口问，但是诺加玛一个凌厉的眼神让他把问题咽回肚子里，他乖乖地吸了一口气，屏住了呼吸。地战士看着那黑影开始变得烦躁不安，如果这时它释放一颗声音弹，战士们都会在周围的墙上撞得粉碎。

　　马陶使出全身力气控制着空气能量，他早已超越了自己的极限，但是他的任务还没有完成，即使这个密封房间里有一个空气分子，奥奈瓦的计划都不能进行。

　　当他本能地感到这里已经完全没有空气了的时候，

马陶睁开眼，对着奥奈瓦点了点头。奥奈瓦向努祖打了个手势，冰战士立刻朝那黑影发射了一记冰能量流，战士们都挺身站好，等待着声音弹的出现。

冰柱扎进那家伙身体，但是这次却没出现反射过来的声音弹。相反，那黑影像黑色的玻璃一样碎了一地，然后就消失不见了。

马陶不等奥奈瓦的手势，就吐出了一大口气，在走廊里卷起一阵狂风，吹倒了一面冰石墙，然后他筋疲力尽地跪倒在地。

"刚才怎么回事？"诺加玛问。

"声音，"奥奈瓦回答，"这东西是声音做成的。你攻击它只会得到反射回来的声音弹。"

"因此马陶做了一处真空，"努祖接着说，"没有空气，声音就无法传播，我们就可以直接打倒它了。"

"太棒了！"水战士感叹道，接着她又问，"我们在这儿遇到的新敌人就到此为止了吗？"

"一个更好的问题是，这个家伙是不是来自那些茧之中？"威诺瓦问。

"我觉得不是。不过我可不想在密闭空间里遇到茧里出来的那些怪物，"努祖回答，"我们赶紧走吧。"

"外面的大门被堵住了，"马陶说，"我们得从试驾室顶上的紧急出口出去，顺着梯子往上爬一段就到了。"

美特吕战士们奔向试驾室，他们没人回头，因为没人愿意在背后又发现一个新的敌人。

林村的试驾室是用来测试新型交通工具各项性能的地方。不同区域的设计师把自己的方案交给林村马特兰人，由林村人来决定哪种方案可以进行制作和测试。等到原始模型做好之后，马陶这样的试驾员就在试驾室里测试它的性能和表现。如果能通过高速行驶、紧急加速和减速的测试，这种交通车就可以拿到交通控制中心里进行批量生产了。

现在，试驾室黑黢黢的一片荒凉，战士们爬上梯子，穿过拱门，来到了紧急出口的舱门前面。没人说一句话。他们都十分清楚马陶曾经在这里度过了多少快乐的日子，闲暇时间他也在这里玩耍，甚至战士力刚曾经在这儿把圣石交给了他。风战士一把推开了紧急出口的舱门，就像那些交通事故中急于逃出车门的司机一样。舱门很宽，足够两人同时出去，马陶和努祖最先走了出来。他们站在舱门前，抬头望着天空，透过重重的浓雾，仍然可以看到千万颗星星闪烁的光亮。

"看，老兄，"马陶微笑着说，"就是在最黑暗的时刻，星星还能闪耀。我从没看到过这么多颗星星，即使是在荒凉的石村，多美啊！"

"赶紧回去！"努祖叫道，一把把马陶拖回了试驾室。

"干吗？"

"那些从上面往下看的不是星星，老弟，"冰战士说，"那些是眼睛！"

"是谷口鸟?"马陶满怀希望地问。

"不是,"威诺瓦回答。他集中精神启动面罩能力,透过拱门上的金属板,向高空中的那群生物望去。

"那是石鼠?乌萨蟹?巨型微生物?"

"不是,都不是,你想什么呢?"

"那到底是什么?"瓦克马问,"它们为什么站在高空看着这里?"

威诺瓦转向火战士,随即又看向别处,好像不敢直视瓦克马的眼睛。"瓦克马……它们是万毒蜘蛛。它们正在自己织好的网上等待着,因为它们知道我们早晚会出去。"

"万毒蜘蛛?"瓦克马重复着,"等一下,奥奈瓦曾经提到过这个名字，就在我们回美特吕的路上，那会儿他的思维被奇怪的异兽控制了。如果你知道这个东西，你为什么当时不说？"

"我……我当时没想起来，"威诺瓦低声说，"我只有点儿模糊的记忆，很久以前我曾经在一块石板上读到过这个名字，现在看到了它们和它们的蛛网我才记起来。"

"你是个档案研究员！"瓦克马叫道，"你应该能辨识和解说出我们遇到的任何一种异兽！不然你还有什么用?!"

其他的战士震惊地盯着瓦克马，而威诺瓦则深深地感到受了伤害，一句话也没有说。这时奥奈瓦跳出来为他的朋友辩护："如果我们在遇到海上风暴的时候能扭头往回走，或者像我建议的那样派出一个先遣队来侦察情况，现在就不会这样一团糟。但是你一定要十万火急地赶回来，就为了我们能……"

"我十万火急是因为要救马特兰人，你们也应该和我一样。"瓦克马反驳说，"我和战士力刚有一个承诺，我必须遵守它！"

"是你眼看着他被抓走的时候做的承诺吗？还是他为了救你一命牺牲了自己的时候？"石战士边说边走到一旁，"我现在觉得做你的朋友真是不安全。"

"比做我的敌人安全多了！"瓦克马反击道，一团火焰在他的手掌里燃烧起来，"要是你对我或者我的领导能力有任何疑问，雕刻匠，那你就说出来吧。"

奥奈瓦脚跟一转，回身三步猛跨到瓦克马面前，两人面罩顶着面罩。"我确实有疑问，对你，对你的领导能力，对你的做事态度，还有你石球一样的脑袋里狭隘的想法，认为战士力刚只把遗愿留给了你一个人！我们也都对他有同样的承诺！我们也都有亲人朋友在竞技场下沉睡，而且我们也都想要去救他们！我们也知道失败将会有什么后果！现在你最好把你的英雄姿态收敛起来，不然我就给你好看！"

诺加玛站到两人中间，想把他们分开，但是奥奈瓦后退了一步，把自己的石锥举了起来。"为了救马特兰人，我可以跟任何阻挡我的敌人战斗——战士、异兽、瓦奇军，甚至黑暗猎手。"石战士继续说，"但是要我再跟这个伪善的喷火人当朋友，我宁愿死在马古他手里！"

马陶的空气刀飞了过来，插在瓦克马和奥奈瓦之间。"别嚷嚷了！敌人在外面，没在房间里！要知道我们任何人单打独斗都不可能战胜它们——我们需要有人领导。"

努祖看着其他人，这真是太糟了！要是这些人都像吵闹不休的冰蝙蝠，他们还怎么拯救马特兰人、重建新家园？他在心里作了个决定，一旦他们完成任务回到新岛屿，他将把自制力作为冰村人美德修炼的最高标准。其他人真是……让人烦，他想。说的又多做的又少，使用同一种语言就会出现吵架的局面。

"好吧，"奥奈瓦放下手里的工具说，"现在选举领导不适合，我们身负重任。如果你想当头儿，瓦克马，那你就当吧，但是别把其他人当成你的小火球，要是你做不到，就别挡在那个位置上。"

"那么你，奥奈瓦——你要做的就是听从命令，别腻腻歪歪的。"瓦克马回答,"否则你就待在这儿,我们完成任务以后会回来找你。"

"你们俩是不是忘了,我们可能都得待在这儿,要待好长一段时间呢。"努祖说。

"不,不用,我们不用待在这儿。"诺加玛边说边沿着走廊往下走去,其他的战士都跟着她,"你们都忘了这幢楼还有一个出口,如果我们不能从楼顶出去,那我们就……"

"从下面走,"威诺瓦接过她的话说,"可以从档案馆里穿过去。"

"那就走吧,"瓦克马说,"还有,我需要知道关于万毒蜘蛛的一切。"

可是威诺瓦并不太了解万毒蜘蛛,他曾经看过的那部分档案属于年代极其久远的古志,时至今日已经残破不堪。他只记得上面提到它们是"剧毒的灾难",所到之处都惨遭蹂躏,大小生物都被它们囚禁起来,幸运的会在茧里永远沉睡,不幸的则被它们的毒液变成异形怪物。

"为什么我们以前从来没听说过这东西?如果它们就在美特吕,以前的瓦奇军应该能抓住一两只。"

"问题就在这儿。"威诺瓦掀起一块地板,出现了一根通向下面的爬杆,战士们顺着杆子溜下去,"它们本不该在美特吕出现,还记得地震之前,长老杜马下令封闭所有的城门。至少我们当时以为他是杜马……而不是马古他伪装的。"

"他派出战士去关闭城门,"瓦克马阴沉地说,"但是他们却没有回来。"

"他们可能根本没有关城门，"地战士说，"万毒蜘蛛本来就不是美特吕的异兽，它们来自其他的地方。"

诺加玛推了推正在思考的努祖，让他跟着其他人爬上杆子。他们的目的地是下一层的交通枢纽，在那儿他们可以穿过地面舱门进入档案馆。但是冰战士还在想着，这危险的怪兽在美特吕四处为非作歹，在他们拯救马特兰人的路途上设置重重障碍……

"来到美特吕。"他把内心的想法说出了声。

"什么？"

努祖突然停下。"我明白了，原来是这样。我们在回美特吕的路上看到的那些异兽，它们形状古怪伤痕累累，它们是为了躲避万毒蜘蛛，才从美特吕逃了出去。"

"这不大可能吧，"马陶问，"我是说，那么多的异兽，不论大的还是小的，居然都害怕这种……这种，呃，管它是什么东西。"

瓦克马则毫不怀疑："威诺瓦，档案馆里的异兽有多少是美特吕本土的？"

地战士在心里默数了一会儿，然后说："几乎每一种都是。你是要说……"

"他就是要说这个。"诺加玛接过话来，"所有骚扰我们的城市、给我们添麻烦的异兽……所有需要我们制造瓦奇军来驱逐和控制的异兽……它们全都在逃离一种比它们本身还可怕的东西，它们亡命般地逃走，甚至不计后果地死在半路上，也不愿在这儿多待一秒。"

"但我们绝不能逃走，"瓦克马声音坚定地说，"如果万毒蜘蛛一定要挡在我们和马特兰人之间，那它们就不会有好下场！"

努祖突然觉得不对劲，他抬头看见有东西出现在杆子顶部，紧接着这东西尖叫着向战士们俯冲下来。它的叫声频率极高，震断了战士们所在的那根杆子，断裂处正在努祖上方，由于战士们的重量，杆子弯了下来，努祖被吊在半空中。

接着那东西直冲下去，用尾巴将马陶和奥奈瓦从杆子上扫落下来。瓦克马、威诺瓦和诺加玛紧紧抓住了旁边的墙壁，才没被它攻击到。

异兽到地面的附近减速，然后又扭头冲了回来，这次瓦克马扔出一只火球挡开它，在火光照耀下，战士们都看见了异兽的样子，对他们来说真是再熟悉不过了。

马陶在空中盘旋着，奥奈瓦紧紧抓着他，风战士喊道："是洛拉克！"上次在保卫美特吕的战斗中，这种长翅膀的大蛇差点儿要了战士们的命，他们集合全部元素能量才把洛拉克们封在液态能量原晶体里。

再仔细看看，战士们发现这条洛拉克和以前遇到的并不一样。这种恶心的生物一般个头并不大，可眼前这只足有十英尺长，翅膀展开后能有二十英尺宽，要不是爬杆周围空间窄小，它早就在战士周围盘旋攻击，而不必直上直下地冲来冲去了。

这时它又一次尖声叫起来，瓦克马下方的杆子应声粉碎，对洛拉克来说，这也是种新本领——它们虽然酷爱折磨自己的猎物，但使用声音武器并不是它们天生具备的能力。

努祖已经猜到了刚才那个声音怪物和现在洛拉克突然具备的声音攻击能力一定有某种联系，但此时他手一滑，从杆子上掉了下去。

在空中翻滚的时候，努祖从冰镐中射出一道冰能量，它立刻在下面形成一层冰，不但阻隔住了洛拉克，也给自己创造了一个着陆地。但由于时间来不及了，努祖重重地摔在冰层上，被这样猛地一撞，冰层在他身体下出现了裂痕。

"马陶！去抓住努祖！"瓦克马喊道。

"我一次抓不了两个！"马陶喊，"我们都得摔死！"

"把我放下！"奥奈瓦叫道，"我没事儿！"

诺加玛迟疑了一下说："照他说的做，马陶，还有，我想那只洛拉克应该没什么朋友，你明白我的意思吗？"

冰层下，洛拉克的身形越来越清楚了，马陶心想，愿神灵保佑我们！然后扔下奥奈瓦朝努祖飞去。

就在同一时刻，奥奈瓦甩出石锥，挂住了旁边的墙壁；马陶一把抓住努祖奋力向高空飞去；洛拉克的尖叫声再次响起，冰层立刻碎裂。幸亏落下的碎冰碴挡住了那异兽的视线，马陶和努祖才及时逃开它的攻击。

马陶利用这一瞬间，使用幻觉面罩变身成一只一模一样的洛拉克，正如诺加玛所说，这异兽应该没什么朋友。

果然，那只洛拉克突然停在了空中，它看着眼前这个同类，爪子里还抓着一名战士，但是它似乎又不大对劲……无论是气味还是翅膀的震动，似乎都表明它是个"异类"。

威诺瓦此时距离洛拉克最近，他观察着这只异兽，然后极小声地说："瓦克马，快看，它身体侧面的伤痕，和刚才那只茧里面有钩刺的地方正好对应，它就是从那茧里出来的。"

"但那只茧并没有这么大。"

"说明它破茧之后可以长大，"威诺瓦回答，"而且长得很快。"

"能不能晚点儿再量它的尺寸？"奥奈瓦叫道，"别研究了，快点儿行动吧，威诺瓦！"

"哦，你使用你的石能量，"地战士一边转动地震钻一边说，"瓦克马，我有个主意，要是我们……"

但火战士并没有在听他说话，他从杆子上纵身一跃，跳了下去，抓住了洛拉克的尾巴。那异兽一惊，尖声呼号起来，由于它并没有转身将声音对准尾巴上的瓦克马，反将面前的墙壁震出一个洞，变成洛拉克的马陶和努祖被震到了洞外去。

看到没有成效，洛拉克开始直接攻击瓦克马，它拼命甩动尾巴，瓦克马跟着荡来荡去。

诺加玛拿出翻译面罩，她试图和那异兽沟通，问它究竟想要什么，还有为什么攻击战士们。但洛拉克对她大叫一声，震断了她所在的杆子以及她身后的墙壁，诺加玛整个人都被震到交通控制中心外面。

"我看它好像不爱聊天。"奥奈瓦说，"不过倒是给我们开了扇门。"

"我们不能自己先走。"威诺瓦说。

"谁说要先走了？去接住瓦克马。"

"为什么？他又没有掉下来。"

奥奈瓦集中精力召唤石能量，一只石头做的钳子般的大手从墙壁中伸出来，紧紧抓住了洛拉克的尾巴。它更加疯狂地甩起尾巴来，瓦克马被甩下来，正好被早就

等在下面的威诺瓦接住。

"这回掉下来了吧。"奥奈瓦说，"走吧，我们先去找诺加玛，然后回来找另外那两个人。"

三人正要往外走的时候，洛拉克已经挣脱了大石钳，而外面迷雾深重的夜色里，万毒蜘蛛网纵横交错。他们看见六只瓦奇抓住了诺加玛，正朝交通控制中心里面飞过来，显然是来寻找其他战士的。

"或者我们还是先留在这儿吧。"石战士说。

**⑦**

　　瓦奇小队呼啸着飞过的时候，三位战士闪到了一边，最后一只瓦奇抓着已昏迷的诺加玛，威诺瓦用地震钻敲了一下它的肩膀，它一回头，瓦克马就从背后把它制伏，奥奈瓦将诺加玛从它手里夺走。

　　由于诺加玛已经不能使用战士能力，石战士就用石锥把两人挂在墙壁上。眼前的问题是朝哪里走，向上会遇到万毒蜘蛛，向下又有瓦奇军和异兽，天知道还会有什么别的鬼东西。不过比起赶快逃出去来说，朝哪儿走不是问题，他想。

　　往下走比较好，瓦奇军和异兽他都熟悉……万毒蜘蛛，他却很不了解，还是等其他四位战士到齐之后再跟它们面对面交锋吧。

奥奈瓦把诺加玛扛在肩上，开始向下爬去，他全神贯注，根本没有发现有三只万毒蜘蛛从它们的网上溜下来，跟在他身后。

马陶和努祖透过墙上的大洞看着里面这场激烈战斗，美特吕战士、瓦奇军和洛拉克混战在一起，目前看来洛拉克稳操胜券。

风战士仍然没有变身回去，努祖看了他一眼，发现自己竟然跟一条十英尺长的洛拉克并肩站着。"变回去。"他说。

"为什么？"马陶回答，"没准儿我就喜欢变成大蛇呢，没人能随便命令我！"

努祖拿着冰镐对着身边大蛇的脑袋说："我可以，而且现在就要你变回去。"

"就不。"

冰战士耸了耸肩，他没有对着马陶发射冰能量流，却在他面前制造了一面冰镜，好让马陶看看自己是什么样子。

只看了一眼，马陶就说："我更喜欢原来英俊潇洒的模样。"

风战士变身的时候，努祖站起身来，边走边说："我们得去帮助瓦克马和威诺瓦，给瓦奇们弄出两条洛拉克没什么好处。"

"你已经有计划了？"

"我不是向来都有嘛。你是个交通专家，告诉我，为什么林村的飞船不能飞得太高？"

马陶想了想说："为了安全。飞太高的话反而会掉下来，因为……"他会意地笑了，"气船遇到冷空气会结冰。"

努祖点点头，朝着洛拉克发射出冰能量流，在它的翅膀上结了厚厚的一层冰。虽然这异兽力量惊人，但是它也难以招架越来越沉重的冰块了，而它自己的声音又不能震碎自己翅膀上的冰。它发现在爬杆的密闭空间里自己就要处于劣势，于是它飞向墙壁，撞开一个大洞，逃到了外面。瓦克马看到它朝着火村飞去，无疑是去找些热力熔化身上的冰块。

努祖本希望瓦奇们会去追剿它，没想到它们一动不动，比起四位战士来说，一只洛拉克并不算什么。"但愿不要再打一仗了。"努祖说。

"想不打很容易。"马陶说完就召唤起飓风，将瓦克马、威诺瓦连同瓦奇一起吹到了空中。他认真分辨着风中飞旋的战士和瓦奇，突然伸出双手，分别抓住瓦克马和威诺瓦的手腕。

努祖看到之后也抓住了两位战士的另外两只手腕，四人抓牢之后，马陶突然停住了风势。瓦奇们急速落到了深洞中，不一会儿传来机器撞碎在石头上的声音。

"这些天美特吕就缺这个——"马陶帮瓦克马和威诺瓦爬上杆子的时候说，"令人兴奋的撞击声。"

三只白色的万毒蜘蛛看着奥奈瓦和诺加玛消失在下面的地层里。这种万毒蜘蛛名叫电极蛛，通常在空气寒冷清冽的高空中活动。夺魂蛛更习惯地下环境，但它们此时集结在交通控制中心的另一侧，因此这三只电极蛛只好继续跟踪下去，否则一旦露达姬知道它们竟然让战士从眼皮底下跑掉，就会把它们挂在空中的蛛网上，当做捕猎异兽的诱饵。

想到这里，三只蜘蛛不寒而栗，加快了追踪奥奈瓦的步伐。

奥奈瓦把诺加玛轻轻放到地上，然后仔细查看周围的情况。他们已经进到档案馆里面了，但是雕刻匠是很少参观档案馆的，因此奥奈瓦并不知道该往哪里走，也不清楚周围是否隐藏着什么危险。威诺瓦肯定对这里了如指掌，但他还在爬杆通道里。奥奈瓦很想回去帮助其他战士一起打败敌人，但他知道他不该这样做，战士们还希望他能先去竞技场侦察一番，何况昏迷的诺加玛也需要他随时照看。如果瓦克马等人出了什么事，他们俩将是完成任务的唯一希望。

他不耐烦地等着其他人，诺加玛慢慢醒了过来，奥奈瓦把她扶起来说："慢点儿，你刚才被撞得不轻。"

"我还好。其他人哪儿去了？"

奥奈瓦听到头顶上的舱门打开的声音，说："他们到了，我看那只巨型异兽应该已经被干掉了。"

石战士转身想要迎接他的朋友们，却发现他面前竟是一只电极蛛。这蜘蛛立即发射了一只电极飞轮，奥奈瓦被罩在一张电网中。它并不会直接伤害战士，但无论他走到哪儿，它都会包裹在他周围，并且一旦战士想要挣脱出来，那张电网就会缩小，紧紧箍在奥奈瓦身上。

透过电网上的电光，奥奈瓦看到他的敌人此时已经转向了诺加玛，它们抢在诺加玛抽出破浪刀之前，就朝她发射出了蛛丝。

　　不可思议的是，尽管诺加玛那么灵活有力，她还是被蛛丝捆住了双腿，倒在地上。电极蜘蛛们逼近了。

　　突然，它们死一般地僵住了，奥奈瓦听到了声音——那是其他战士们！他抬头向上一瞥，再转回来看诺加玛的时候，发现三只蜘蛛已经消失得无影无踪。

　　瓦克马等人走过来的时候，奥奈瓦身上的电网已经消退，诺加玛还在解着捆在她腿上的蛛丝。奥奈瓦简单陈述了他们和万毒蜘蛛第一次遭遇的经过。

　　"一听到你们的声音它们就逃命去了，"石战士说，"虽然凶狠，但是不够勇敢，我想。"

　　"不。"威诺瓦接着说，"别那么想，绝对不要通过异兽的行为来简单判断它们的思想。这样才会成为一个优秀的档案研究员。"

　　努祖看到奥奈瓦想要还嘴，就抢在石战士之前提问："那你觉得是怎么回事儿呢，威诺瓦？"

　　"我想它们是听到我们的声音，然后发现要赢得这场力量悬殊的战斗并不容易。"威诺瓦解释道，"着什么急呢？它们完全可以保存实力，我们哪儿也去不了，我们只能朝着它们布的陷阱前进，它们有的是时间。"

　　"你把它们说得好像多有策略似的，"奥奈瓦回答，"可它们不过是异兽而已。"

　　"是异兽，是能掌管一座城市的异兽，"威诺瓦小声说，"是能吓跑比自己大五倍的怪兽的异兽。就在刚才，它们中的三个差点儿抓住了两名美特吕战士，而外面，奥奈瓦，外面还有成百甚至成千的蜘蛛在等着。"

　　"所以我们要抓紧时间赶路，"瓦克马说，"穿过档案馆就到了竞技场，我们有任务在身。"

　　"要是这个什么万毒蜘蛛也在竞技场里面守着怎么办?"马陶问。

　　"不一定。"瓦克马说,"我猜瓦奇军应该还守得住竞技场,我们可以在万毒蜘蛛明白过来之前,和它们协商把马特兰人偷运出来。"

　　大家朝竞技场的方向走去,马陶落在最后。希望能如你所愿,兄弟,他想,虽然我总觉得不会这么容易。

　　诺加玛第一个听到了那声音，虽然微弱，但它确实存在着——有什么东西在痛苦地呻吟着。

　　"我们得到上一层。"她说。

　　"去竞技场直走再左转就行了。"威诺瓦说，"没多远。"

　　"我听到了什么声音，就在上面。"

　　"又会是另一个'惊喜'。"马陶嘟囔道，"这一路上已经'惊喜'不断了。"

　　诺加玛对其他战士说："你们先走吧，我一会儿就能赶上，我得去看看到底是怎么回事儿。"

　　"你一个人去太危险了，"努祖说，"要去我们一起去。"

瓦克马刚想抗议，努祖瞪了他一眼接着说："诺加玛，你听到的声音很可能来自一个万毒蜘蛛的陷阱，因此我们必须一起去查看。"

诺加玛走在前面，威诺瓦紧跟其后。"这儿有什么？"她问档案研究员，"我是说，这里以前有什么？"

"这里是隔离监护区。极具攻击性的异兽，能够伤害人类或者自相残杀的，都会被关在这儿。经过一段时间观察之后，如果它们的行为并没有什么改进，那就会被转移到更深更安全的地层里去。"

"就是说，这里很危险了？"

威诺瓦笑道："和躺在地上让一队牛踩过去的危险程度差不多，所以在这儿看守的人都是四肢发达头脑简单的家伙——让聪明的研究员在这儿受伤可不值。"

叫声又响起来，这次所有战士都听到了。威诺瓦按住了诺加玛的肩膀，把她推到自己身后。"我在前面走吧，"他说，"你不知道怎么接近受伤的异兽并且得到它的信任，否则……"

一只巨大的熊掌从黑暗中出现，一巴掌把威诺瓦扇到了旁边的墙上。他撞进墙上的石头里，差点儿出不来。

"否则你就会被扇进墙里。"奥奈瓦接过话头。

诺加玛向着黑暗前进了一步，马陶立刻在后面低吼道："别过去！诺加玛！"

水战士没理他，继续一步步慢慢向前走着，她已经看到地面上有一团蜷缩着的阴影。"嘘，没事儿了。"她温柔地说，"没人想伤害你，我是来帮你的。"

"准备好，"奥奈瓦对努祖说，"万一有什么……"

"让诺加玛试试吧。我不太了解她这种直觉，但是她确实具有我们所没有的同动物交流的本能。"

"我可不想要这种本能。"石战士说。

诺加玛再次小心地向前一步，这异兽已经疲惫不堪，根本伸不出爪子来了。"好了，没事儿了，你不再孤单了。"诺加玛看着异兽头也不回地说，"威诺瓦，给我照个亮。"

地战士拿出夜视面罩，大家看清了诺加玛面前是一头和战士差不多大的灰熊，从它的眼睛里可以看出它的伤势不轻。

"真悲惨，"威诺瓦伤心地说，"它应该是地震后急着跑出去，却被困在这儿了。我看它撑不了多久了，诺加玛。"

水战士跪在灰熊身边，它已经筋疲力尽不能反抗了。诺加玛召唤来一团水雾轻轻贴在它的伤口上。"我们什么也不能做了吗？"她问威诺瓦，"我们不能袖手旁观啊。"

"我们别无选择，"奥奈瓦回答，"别忘了这儿有万毒蜘蛛和瓦奇军，而且谁知道还有别的什么东西，我们没时间在这儿治疗异兽。"

"没错，马特兰人民还在等着我们，"瓦克马接着说，"必须得走了。"

"马特兰人已经睡了几个星期了，他们根本不知道周围发生了什么，"诺加玛说，"可这头灰熊又孤单又害怕……我绝不会眼睁睁看着一个动物心里充满恐惧地死去。"

努祖打量了一下那异兽，它的伤势太严重，想要挪动它几乎不可能。战士们之中只有威诺瓦对异兽最了解，现在连他也打算放弃了，说明这灰熊确实没救了。

"走吧，诺加玛。"奥奈瓦说，"那只不过是头异兽。"

"没错，它'只是头异兽'。"诺加玛回答，"而对马古他来说，我们的朋友们'只是马特兰人'，一些没有他聪明没有他强大的生物，根本不值得关注。我想我们至少应该比马古他有人性吧。你们走吧，我在这儿陪它。"

"战士能量。"马陶突然说，所有人都转头看着他，他吓了一跳，似乎没有意识到自己已经把这个词大声说了出来。"战士能量……也许可以救它。看看我们这些普通人突然变得多么强壮有力，如果我们一起发动能量……"

"我们从没做过这种事。"威诺瓦说。

"我们也从没试过，不是吗?"

"嗯……是。"

"所以我们才没做过。"风战士说，"要是我们少说废话开始试试这个办法……如果真的不管用的话……我想诺加玛会同意跟我们继续往前走的，对吧?"

诺加玛耸耸肩说："好吧，我们可以试试看，我保证——如果不管用，我们给它找个舒适一点儿的地方然后就离开。"

其他战士点了点头。

"很好! 都同意了，"马陶说，"现在……我们该干吗?"

诺加玛跪在灰熊的头旁边，用双手捧起它的脸，马陶跪在它的脚边，其他人两两相对分列两侧，大家都拿出了战士武器。

"我们要同时开始，"诺加玛说，"集中精力。我们习惯了用自己的能量来对抗敌人，也许因此忽略了它还可以治疗朋友。"

一个接一个，战士们召唤来自己所属的元素能量，这些能量必须被严格控制——它们不能造成烧伤、冻伤，或者把异兽变成石头等等后果。诺加玛制造出一颗水球，悬浮在空中，其他战士把自己的能量一点点输入到水球中去，然后诺加玛让水球降下来，从头到脚把灰熊洗了一遍。

这些都结束之后，战士们都看着那灰熊，心里忐忑不安。这样做能不能救活它？还是会结束它的生命？没人知道战士能量能不能重造生命机体，也没人知道稍微过量的能量会不会带来其他后果。

灰熊扭了扭身体，抬起了头，它试了好几次，终于站了起来，然后低沉地咆哮了一声。战士们本能地后退了一步，但是灰熊似乎并不想攻击他们，它只是静静地挨个儿看了看战士们，然后轻轻推开威诺瓦和诺加玛，走进黑暗之中。

"真是……太神奇了。"诺加玛说。

"它去找安全的栖身之地了，"威诺瓦说，"虽然美特吕这些日子恐怕很难有这样的地方。"

"它会好的。"马陶肯定地说，"总有一天它会突然从树上摔下来，砸到地上，把马特兰人吓得面罩都掉了。走着瞧吧。"

"如果我们不赶紧动身，这城里恐怕就不会有马特兰人了。"瓦克马说，"威诺瓦你在前面领路，我们要到离竞技场最近的林村舱门那里去。"

"我不得不再次提醒你，这是个错误，"奥奈瓦说，"我们将直接走进敌人的埋伏圈里。"

"如果真是那样，我的幻象会警告我的，"瓦克马冷静地说，"现在显然还没有。走着瞧吧，奥奈瓦，在你想通之前，我们就会带着朋友回到新岛屿上了。我们终究是战士，一群小蜘蛛怎么能挡了我们的路。"

在隐蔽处，一双苍老的眼睛注视着重新上路的战士们，没有一个战士发觉自己被监视了，不过不要紧，以后会有机会见面的。

水之异者在黑暗的地层里迅速穿行，泰然自若的样子如同走在光天化日之下，他负责监视灰熊的情况。而风之异者负责把刚才的三只电极蛛引开，他对这座快要坍塌的档案馆比谁都熟，万毒蜘蛛是不可能抓得到他的。

火之异者的任务是继续监视美特吕战士们，他们正一步步踏入危险的境地，或者更糟，他们是眼睁睁地去送死。他实在想不明白这些人怎么会如此鲁莽。难道他们没长眼睛吗？难道他们看不出来是谁在控制整座城市吗？

火之异者古老的记忆涌现出来，他曾看过无数被万毒蜘蛛践踏的土地，他曾见过千百万被它们的征服欲望蹂躏着的人民。如同以前一样，毒蛛邪帝和露达姬狂笑的狰狞面孔和被残害的人民、被劫掠的土地一同出现在他脑海中。

他加快了脚步，美特吕战士走得很快，好像急着去遭遇自己悲惨的命运一样，如果火之异者没有及时赶上他们，整个城市的希望将就此化为泡影。

威诺瓦小心翼翼地打开了舱门，左右看了看，没有什么异常情况。只是普通的地震，毁了我们的传奇之城，他想。

"还挺安全的，"他说，"走吧。"

美特吕战士们爬出档案馆，竞技场影影绰绰地矗立在他们面前。看到这座伟大的建筑，战士们都想起了马古他窃取了掌控城市的权力之后，马特兰人民被一个个地放进银球里，进入永久的沉睡，而正在这时大地震又来临了，和城市建筑一同坍塌的，还有战士们坚强的心。

"我们的计划是什么？"努祖问。

"进入竞技场，打倒所有瓦奇看守，把银球拿出来，"瓦克马回答，"然后在万毒蜘蛛发现之前逃离这里。"

"怎么逃？"

"我们可以偷一些瓦奇的交通工具，然后沿来时的航线返回，再带着银球穿过卡扎尼的洞穴，回到新岛上去。"

"对于这样一个漏洞百出的计划，我都不知道该从哪儿开始反驳了。"努祖说。

"那就别反驳，"瓦克马说，"等我们成功救出他们，再去想怎么把他们运走吧。跟我来。"

大家都跟着火战士迈步前行的时候，马陶一个人落在了后面。他从没听过林村如此安静，不仅仅是没有马特兰人说话的声音，甚至没有会飞行的异兽的任何叫声——简直是一片死一般的寂静。他试图把这解释为地震毁坏了异兽们的家园，因此它们逃到更安全的地方去了。不过风战士的内心深处很敏锐地感觉到，万毒蜘蛛曾经来过这里，是它们让这里如坟墓一般安静。

最前面，瓦克马自信地走着，就像走在他自己的区域里。他既不想派个人先去侦察一下，也不想让马陶飞到空中看看情况。奥奈瓦和努祖已经累得够呛，没力气再抗议说他们干吗什么都要听火战士的命令。

他身后的诺加玛正在想自己的心事。她是所有人里最了解瓦克马的，但是此时她也不知道瓦克马到底在想什么。他似乎深深陷入对战士力刚的回忆和追思中，却完全忘记了力刚曾给他上的那些战士训练课程。在力刚小心谨慎的地方，瓦克马粗心大意；在力刚征询其他智囊意见的时候，瓦克马却想要其他战士都闭嘴。

就像一系列的事件都期待一个结果、奔腾的河水涌入大海一样，诺加玛浑身每一个细胞都告诉她，应该停止前进，转回头去，逃离这里，因为有种东西正步步逼近他们，一种无法想象的古老又恶毒的东西。他们会被它抓住，被它折磨，甚至被它触碰之后会感染病毒。但是当她张开嘴的时候，却又说不出话来。瓦克马不会因为她的这种感觉而转身离开的，为了兑现他对力刚的承诺，他甚至可以领着大伙儿跳进火坑。

"马上就到了，"瓦克马说，"等到那儿之后，威诺瓦，你和奥奈瓦可以在地里多开几条通道，这样运输银球会更快，我们剩下的人去叫醒一些马特兰人，这样就有人帮忙搬运银球了。"

"你们干活的时候我可以飞到空中监察周围的情况。"马陶说，"这样就没人偷袭我们了。"

"不行，你也得在下面搬运银球，我们人手本来就不够。"瓦克马说，"动作越快越好，可以避免更多的麻烦。"

"我会飞到空中监视情况的，"马陶又重复了一次，"我可不想一转身又看到一只万毒蜘蛛，我也希望你别遇到这种情形。"

瓦克马耸耸肩，他懒得继续争执下去，等到了那里，马陶就会知道没什么可担心的，到时他会来和大家一起搬运银球的。

化骨蛛看着战士们从下面走过去，不出露达姬所料，他们果然来到这座已被万毒蜘蛛当做基地和指挥中心的建筑，若是给他们机会，战士们一定会破坏已经结好的那些茧，挽救这座即将沦陷的城市。

化骨蛛们穿过蛛网，它们的任务就是保证战士们不会有这样的机会。

蜘蛛们悄无声息地围拢过来，如同一片沉静的阴云。这些化骨蛛都是身经百战的老兵，经验丰富，技巧娴熟，它们曾经无数次闻到胜利果实的香气，因为看见对手被永远困在网中而快乐无比。这一次想必也不会例外，唯一不同的可能是，化骨蛛们倒希望战士们能带来些挑战，对一般的猎物它们已经厌倦了。

"为什么？"努祖自言自语，声音大得足以让一旁的奥奈瓦听到。

"什么为什么，书呆子？"

"为什么万毒蜘蛛要让我们逃出档案馆？如果威诺

瓦说的是对的——那三只蜘蛛只为了保存实力，它们完全可以找其他蜘蛛回过头来围剿我们，可它们却让我们就这样朝着我们的目的地前进。"

"我早说过了……别想那么多。"奥奈瓦说。

"我巴不得像你那样有信心，兄弟，"努祖回答，"可我没法不注意周围蛛网密布，比这城市其他任何地方都多，我觉得我们正走入一个陷阱，当我们以为自己安全的时候，实际上是最危险的。"

"不错，"奥奈瓦说，"我总算找到了——"

"什么?"

"一个能让威诺瓦高兴的人啊。"

"安静!"瓦克马突然低声说，"当心瓦奇。我们可能算比较幸运，周围没有这些机器兽。我们一路走来一个万毒蜘蛛都没遇到，说明竞技场还是在瓦奇的手里。"

一个旋转着的能量轮从黑暗中飞出来，正打中火战士的后心。瓦克马立刻全身僵直，一动也不能动。在其他战士反应过来之前，又有几个这样的飞轮纷纷打中了他们，大家都像被石化了一样不能动弹。威诺瓦被打中时没有控制住身体的平衡，他向前扑倒，撞到了自己的伙伴，战士们好像多米诺骨牌一样倒在了地上。

"大家还好吧?"瓦克马问。

"不能动了，"努祖回答，"倒是没受伤。"

"我们都在你身后，瓦克马。"马陶讽刺地说。

"现在斗嘴没用，马陶。"诺加玛说。

"当然没用，不过在踏入陷阱之前深思熟虑应该有用吧。"

"你要是有什么不满意的，尽管说好了。"瓦克马吼道。

"我才不想说呢。"马陶赌气说。

两人的争吵被一阵脚步声打断，战士们不能活动，只能乖乖地被来者包围。

万毒蜘蛛出现了，它们看似一种肮脏邪恶的大型蜘蛛怪兽，上下颚咬在一起咔咔作响，嘴里流出恶心的黏液，此时正愤怒地围拢过来。它们的背上也有类似发射器的装置，一只绿色的蜘蛛从发射器中发射出一个能量飞轮，朝飞在空中的一群蝙蝠打过去，那群小动物被吓得乱作一团。不过蜘蛛似乎并不想攻击它们，这个能量轮其实只是个宣告胜利的信号。

"瓦克马，我们该怎么办?"诺加玛用极小的声音问。

"我……我不知道。"瓦克马用更小的声音回答，诺加玛几乎没有听到他说什么。

万毒蜘蛛们开始结网了。

露达姬正微笑着观看一小队万毒蜘蛛成功地挂起了一张网，这张网把竞技场和冰村的一座智慧塔连接了起来。能把万毒蜘蛛们收罗到自己麾下，露达姬觉得正合适，这些怪物太蠢了，需要自己的智慧给予帮助，它们才能成功。

这里需要织网的地方还有很多，现在的这些只要一场风暴就有可能松脱下来。露达姬做的计划永远这样周详，永远这样万无一失，任何可能引起灾难的小事，都会在初期被她转化或者解决掉。

这时传来了战士们被抓住的消息。抓获战士的化骨蛛亲自把消息禀报给毒蛛邪帝——它们的万毒蜘蛛之王，而不是露达姬。毒蛛邪帝是个掠夺成性的战争分子，他头脑简单地把几个英雄看成一次战斗的战利品，于是下令把他们捆在茧里，吊在竞技场最高的网上，然后摔死他们。

这时露达姬插手了。"就这样便宜了他们吗？"她提议道，"将军的气派是通过和他对抗的敌人来展现的。美特吕战士既然那么强而有力，他们的死就该……更值得回味了。"

毒蛛邪帝笑了。他通常专横妄为，而露达姬总在这时显现出她的精打细算，来让他的统治更为完美。她非常熟悉害怕和恐惧，以及如何在人的内心中激起这样的情绪。毒蛛邪帝总是完全接受她的建议，不仅因为上述原因，也因为他希望能有一天，露达姬可以成为他的王后。

最重要的一点是，毒蛛邪帝信任露达姬，这是他最大的错误。

"嗯，我也希望能让他们死得……有点儿传奇色彩呢。"他说。

采纳了露达姬的建议，毒蛛邪帝下令让战士们在茧里多待几天，好尝尝万毒蜘蛛毒液的厉害。他们中毒后可能会腐烂变质，但这只是露达姬的一项实验——看看万毒蜘蛛的毒液对战士们会有什么影响。

她走到窗户旁边，抬眼看去，战士们被捆在茧里高高地吊在空中，他们徒劳地想要挣脱蛛丝的束缚。再也没有比这更让人开心的事了，她想，看着这些软弱的小可怜儿们妄图逃出悲惨命运的魔爪。

　　六位美特吕战士被缠进了万毒蜘蛛丝结成的茧里，吊在美特吕城高空中的蛛网上，周围的房顶上蹲着派来看守他们的万毒蜘蛛。茧和蛛网之间只有非常细的几根丝线，要不了多久战士们就会从这里掉下去，幸运的是在下落过程中极快的速度就足以致命，倒不必担心会摔死在下面的硬地上。

　　"这下好了，喷火人，不得不说托你的福我们终于看到美特吕全景了，"马陶念叨着，"当然也是托你的福，我们被抓了，还被下毒，在欣赏完美特吕的景色之后就在地上摔成肉饼！"

　　瓦克马想辩驳，却又说不出什么话来。他的头和身体都剧烈地疼痛起来，他能感觉到茧里面的小钩刺刺穿了他的皮肤，将万毒蜘蛛毒液注入他的体内。他看看其他的战士，由于他的错误导致大家都在经历着同样的痛苦。

"我尽我所能领导大家，"瓦克马说，"我也希望我可以做得更好一些。但是通过这次经历，我知道了一件事，那就是我只是一名战士，不管我自以为多么强大，我终究只是我自己。"

突然瓦克马一阵痉挛，浑身上下猛烈地颤抖起来，一瞬间，瓦克马感觉自己的一只胳膊穿破了茧伸到外面，他看着那条扭曲着的奇形怪状的胳膊，完全无法相信它属于自己。

其他的战士也都发生了这样的变化，他们的样子扭曲着，面罩也变了形，肌肉膨胀起来，那感觉就像身体被拆开之后又重新组装一样。这一过程疼痛难忍，特别是当你知道你无法阻止这种变异的时候。

"我不喜欢这样！"马陶喊道。

努祖强迫自己转移注意力。他发现变异了的战士们冲破了那些茧，他们在万毒蛛网上就快挂不住了，这样下去，战士们倒是很快就顾不上担心他们变得难看的相貌了。

"再过一会儿你就顾不上讨厌这个了。"努祖说。

瓦克马变异的过程开始得最早，他的茧也破得最厉害，努祖的话音刚落，他就从茧里滑出来，掉了下去。其他相貌诡异的战士也纷纷下落。最后努祖松开了自己抓着蛛网的手，随着好朋友们一起直冲地面而去。

地面在眼前飞速展开，速度快得大家都无法呼吸，努祖闭上眼，等待着撞击地面的那一刻。

撞击来了!

但却不是努祖想象中的样子,他感觉自己撞到了什么人身上,他的救命恩人正扛着他在美特吕的碎石头上跳跃前行。

努祖睁开眼睛,发现自己被一个从没见过的人给救了。这人的相貌扭曲变形,有点儿像长老,也有点儿像拉希,甚至还有点儿像某种异兽。虽然他个头矮小,但却能扛着比他高大很多的努祖,灵活穿梭于残垣断壁之间。

他们最后到达的地方是水村的一片废墟,其他战士也都在那儿,每个人都已变异成半人半兽的丑陋样子。大家既困惑又害怕,马陶甚至拒绝从一摊水里看自己的倒影。

冰战士正要问他的救命恩人,却发现那六位救了他们性命的小人都不见了。神秘的陌生人,他想,而现在就更没人给我们解释——到底我们变成了什么?

当他发现他的面罩能力再不能使用的时候,他更郁闷了,或许是变异的过程中面罩变形导致的,也可能是因为他自己的内心发生了变化。更惨的是,他也不能轻松召唤冰能量了,而他的战士武器也变成一种莫名其妙的工具。

他环视他的朋友们——他们曾是高贵骄傲、力量强大的战士,现在却成了一帮应该躲在档案馆深深的地下永不见天日的怪物。马陶看起来最丑陋,诺加玛正在他身边安慰他。

"没关系的。"她轻声说。

"没关系?你觉得这样没关系?"

"我们还都在，我们会一起想办法的。"

"是啊，要不怎么叫朋友呢。"威诺瓦加了一句。

这时马陶突然站起来冲着瓦克马快步走过去："我怎么没听见你说一句安慰的话，岩浆脑袋。你干吗呢——在忙着思考下一个伟大计划吗？下次最好让我们一起死个痛快，免得变成这样难看的怪物！"

瓦克马转身走开，低声吼道："我再也不会考虑任何计划了！"

"哦，是吗？这真是我变丑以后听到的第一个好消息！"

努祖皱起眉头，此时斗嘴可没有什么帮助。他们的未来——不论是身为战士还是别的什么东西——完全取决于接下来他们要如何计划。

"先不管我们的相貌怎样，现在我们要做的是，尽力找出我们变成……这种怪物的原因。"他说。

"没错，这样我们才能尽快去解救马特兰人。"诺加玛附和说，"不过如何开始呢？"

马陶耸耸肩："我们是怎么在最关键的时刻被人救了的？"

"如果你们还够聪明，如果你们还想变回原来的样子，那就好好听着！"

一个古怪的声音传来，好像一位睿智的老人，又像一头低吼的猛兽。六位战士循着声音看过去，发现救了他们性命的六个小人又重新出现了。他们看着战士们，眼中没有恐惧或害怕，有的只是悲伤和坚定。

火之异者继续说："你们现在的状态，可以说是一个进步，也可以说是一个退步。你们要走的路对我们来说是再熟悉不过的了——我们知道该怎么开始，也知道该如何结束。所以你们现在就得行动起来，战士们，否则你们自己连同美特吕城都将被毁灭。"

一团希望的火焰在战士们内心燃烧起来。这些陌生人虽然长得很像之前的敌人，但如果他们知道如何变回战士的样子……

"告诉我们怎么才能变回原来的样子，智慧老人，我会亲手为你们雕刻塑像，感谢你们对我们的帮助。"奥奈瓦说。

"是的，美特吕城、马特兰人民还有我们都将永远感激你们。"诺加玛说。

"我们了解你们的处境，"火之异者回答说，"自从地震之后我们就在城市的阴影中观察了很久，我们知道马特兰人被抓起来，万毒蜘蛛们对他们下了毒手。但我们的力量有限，没办法解救那么多人，这正是你们要做的事。"

"怎么做啊？"努祖问。不知道为什么，这些人说话含混的态度，让他心里有点儿恼火。这感觉真的很奇怪，因为他最善于抑制自己的情绪，从不把喜怒哀乐表现出来，而这次他似乎觉得怒火顺理成章地就冒了出来，他决定以后要认真分析一下这个问题。

"流星锤异兽。"火之异者说。

努祖看了看其他战士，很明显大家都没听懂火之异者在说什么。

"流星锤异兽是一个神奇的生物，它精通如何使用毒药和解药，"火之异者解释说，"它是我们抵抗万毒蜘蛛的唯一希望。如果你们还想变成原来的样子，最好去找流星锤异兽。"

"可是我们现在算是什么?"诺加玛追问道,她似乎也有点儿按捺不住自己的火气了。

"万毒蜘蛛的茧向你们注射了魔兽毒液,把你们变异成现在这样,如果不尽快找到解药,它就会深入体内,让你们永远保持现在的样子。你们已经变成一半战士一半野兽的魔兽战士,会被自己的本能和愤怒所控制……直到有一天你们体内的兽性彻底发作,那时你们就和到处搞破坏的异兽没什么两样了。"

诺加玛不禁浑身发抖,这有可能是他们的最终命运! 而不是被马他吕神祝福的战士能力!

"我是一个异者,"他接着说, "名叫火之异者。他们分别是水之异者、地之异者、冰之异者、石之异者和风之异者。"

战士们都没太注意他在说什么,他们还无法相信眼下发生的这件悲惨的事,而这些奇怪又丑陋的小人居然是他们唯一的希望。最后,诺加玛回过神来,问道:"异者,请问你们能带我们去见流星锤异兽吗?"

风之异者笑出了声,火之异者瞪了他一眼,然后转向诺加玛说:"风之异者的失礼已经说明,这么做的可能性——不大。我们就是为了寻找流星锤异兽才来到美特吕的,而且我们之中也有人,嗯,并不相信它的存在。"

"噢,这下可好了,"奥奈瓦说, "我们唯一的希望竟然是个童话故事。"

"那么你呢?"努祖问火之异者, "你相信吗?"

"我相信一切传奇。"火之异者回答。

"那我们也相信。"诺加玛坚定地说。

"稍等稍等,"马陶突然插嘴说,"我们是不是该讨论一下啊,你们觉得怎么样?奥奈瓦?威诺瓦?还有你,烧锅炉的?"

石战士和地战士没有说话,他们本来满怀希望,觉得终于能找到把自己变回原样的办法了,但现在看来这一切似乎都建立在一个传说的基础之上。瓦克马却低头盯着地面,说:"我觉得,我们应该回美特吕城去救马特兰人,而不是去找那个神秘的传奇异兽。"

"你已经有什么想法了?"火之异者尖锐地问,"就凭借你刚得到的魔兽能力?凭借你还没学会如何使用的能力?"

"我没有想法。"火战士回答。他的声音让诺加玛觉得,他内心的怒火似乎就要喷发出来了。

"是没有想法,还是不想带着我们其他人一起去?"火之异者问。

"随便你们怎么想吧。"瓦克马回答,然后站起来转身就走。

"瓦克马!"诺加玛在后面大声地叫他。

"我去跟他谈谈吧。"火之异者说。

"那我们呢?"马陶问。

火之异者对他笑了笑,那笑容看上去带有一丝威胁。"你们作好准备吧,我们就要一起开创新的传奇了。"

过了一会儿,瓦克马又回来了。大家都尴尬地沉默了很长时间,然后瓦克马开口说:

"我不再指挥你们了，很明显是我的错误领导让大家陷入目前的境地，而且你们中也有人并不愿意听从我的指挥。"他看着奥奈瓦和马陶说。

"瓦克马，他们不是故意想……"诺加玛说。

瓦克马打断了她："但我想我们在一个问题上意见是一致的，那就是比起马特兰人的性命来说，我们几个的变异并不算什么。在我们想办法变回战士之前，应该先确保他们的安全。"

努祖点点头："虽然我不愿承认，不过你是对的。以拯救马特兰人为先，可能会让我们永远变成魔兽，我想这是大家最不愿看到的事。但是不顾他们的安危却只考虑我们的相貌，必定会铸成大错。"

"我们就是战士英雄，"马陶说，"虽然看上去不像。现在我们要解决的两件事，一是把马特兰人从竞技场救出来，二是带他们逃离美特吕。如果你们有办法完成第一个任务，我倒是有个主意可以解决第二个。"

"那我们就快开始吧。"奥奈瓦说着跳到一堆碎石上，"不然时间都白白流过去了，马陶也会越变越难看的。"

火之异者看着战士们一边讨论计划一边回到林村。幸好他们有重任在身，有目标要完成，这样他们就不会一直想着自己变丑的事。他比任何人都了解战士们是能力超群的人，但是在他心里，却一直感到这些战士难逃命运的捉弄。

他对其他异者挥了挥手，大家分散到周围的阴影中去。如果这里有万毒蜘蛛，他们会盯着它们的。异者们为了避开这些蜘蛛曾经东躲西藏……今后再也不用这样了。

美特吕将是我们和这些恶魔们最终的对决之地，他想，一切结束之后，这世上再也不会有万毒蜘蛛和异者了。

露达姬坐在马古他曾经坐过的宝座上。毒蛛邪帝已经率领他的大军出发，去找魔兽战士了。他会像以前一样，最后凭借数量上的优势把战士们抓回来的。万毒蜘蛛们会进行地毯式的搜索，即使是一个跳蚤也难逃它们的手心。

但是这样就能成功吗？她思索着。这些人是战士——尽管他们被变异了，被注入了魔兽的本性，但他们仍旧是战士。这是他们的城市，他们了解每一处秘密通道，而且现在又有异者的帮助，如果他们再幸运点儿，或许能够打败那些蜘蛛呢。

绝不可以。她需要战士们来完成她的计划，而马古他的黑暗力量，会保佑她得到这些战士的。

毒蛛魔后站起来，向着密室内的日晷走过去，它曾用来倒数地震发生的时间，现在它要倒计时的是，战士们死去的时刻。

露达姬笑了，让毒蛛邪帝带着他的蜘蛛们满世界找人去吧，她独自留在这儿盘算着，一个绝妙又狡猾的计策闪现在她的脑中，如果黑暗之主马古他此刻就在她身边，一定会为这个计策鼓掌的。

就快了，她想，就快了，现在，我就要亲手结束这个城市的白天，让黑暗永远笼罩在此。

竞技场下面很深很深的地方，马特兰人仍然在沉睡，他们的噩梦才刚刚开始……

# 后　记

　　长老瓦克马深深吸了一口气，然后慢慢吐出来。他曾经以为这么多年之后把这故事讲出来，会让自己的内心轻松一些。但事实并非如此，它只是让多年前愈合的伤口又重新经历最初的疼痛。努祖可能是对的，他想，也许这真的不值得。

　　塔虎努瓦沉默了好长时间，瓦克马本以为能从他脸上看到恐惧或者厌恶，但是什么也没有。最后，火焰战士突然倾身向前，紧紧抓住了长老的手。

　　"你们历经磨难来到这片海滩，"塔虎说，"这磨难比我们任何人知道的还要多，你们的故事还有很多没有说完，对不对？"

　　"对，塔虎。"

"我能继续听下面的故事吗？"

"可以。不管我的兄弟怎么说，我觉得秘密和谎言都应该终止了。你选择了要听关于魔兽战士的事情，现在你已经听到了。你也看到了，有时候我们就像沙鹬一样傻，就像冰蝙蝠一样盲目。"

"什么意思，长老？"

瓦克马站起身，用他的手杖支撑着自己的身体。"意思就是你们是战士，而不是孩子，我们不该为了保护你们就不告诉你们真相。我们了解曾经发生的这些事，马古他也了解，只有你们不了解，因此这种隐瞒有可能让你们送了性命。作为美特吕战士，不告诉你们这些事情是我们一个失败的决策。"

塔虎举起他的剑，向空中发射了一个火球信号弹。"其他的战士也应该了解这件事，瓦克马，毕竟这是一次胜利。"

长老困惑地摇摇头，胜利？塔虎难道没听明白他刚刚讲的故事吗？"我不懂你的意思，战士塔虎。"

"很简单啊，你们挺过来了，不是吗？你们救了马特兰人，你们最后成了长老……你们取得了胜利。"

长老瓦克马笑起来，声音悲伤而又空洞："胜利？我们？也许吧，在你的眼里可能是胜利，但为了这个胜利我们付出了代价，而且不止我们几个，所有的马特兰人都付出了……我们付出了多么惨重的代价。"

在其他人来到之前，两人都不再说话。努瓦战士们赶过来之后，瓦克马才开始继续讲他的故事……

# 魔兽战士

# 引 言

　　长老瓦克马跪在阿玛伽圈前面，他面前坐着六位生化战士、光战士塔卡努瓦和马特兰人哈丽（她是这次会议的历史记录员）。所有人都在等着瓦克马继续讲那可怕的故事。

　　"马特兰人来到马他吕岛之后不久，他们对过去的记忆就逐渐消退了，"瓦克马开始讲述，"在美特吕城发生的一切，不论好事还是坏事，他们都忘记了。有时候……有时候我觉得他们倒是很幸运。"

　　哈丽低头看着自己手中的石板，她正在记录瓦克马所说的每一句话。瓦克马的声音从未如此沉痛，就像千年的重担都压在他的肩膀上。哈丽无法想象美特吕曾经发生了什么，能让瓦克马这样痛苦，她第一次希望自己不是历史记录员。

"我们六位美特吕战士，带着一小部分马特兰人逃出了美特吕城，这些马特兰人昏迷不醒。马古他妄图征服马他吕的计划之一，就是催眠马特兰人，让他们陷入深深的昏睡状态。我们找到了这个新岛屿，将那些马特兰人留在这儿，然后回到被地震摧毁的美特吕城，想要营救更多的人。"

瓦克马把沙坑里的小黑石子拨开，继续说："但回去之后我们才发现，美特吕城已经被一种蜘蛛怪兽占领了，它们叫做'万毒蜘蛛兽'。由于我们——哦，是我自己——的过度自信，我们刚到达那里就被它们抓住了。它们把我们捆在茧里，用毒液将我们异化成一种半人半兽的怪物——魔兽战士。后来有六位神秘的异者把我们救走。"

瓦克马的声音越来越小，简直如同耳语："当时的感觉真是生不如死，异者们告诉我们必须在有限的时间内找到一种治疗蜘蛛毒的办法，不然我们就永远成为这样的半兽人，甚至更糟，我们会变成野兽。但最后我们还是决定先去救马特兰人，然后再考虑解除蜘蛛毒的事情。

"作这个决定真的很难，异兽的兽性在每个人心中作祟，特别是在我心里。我们的敌人强大又狡猾，而由于变异的原因，我们的面罩和战士武器都不能再使用了，甚至有的时候，连我们的内心都不属于自己……"

　　毒蛛魔后露达姬此时正高高地站在竞技场里曾经属
于杜马长老的箱子上，一只红色的毒火蛛在她身边待
命。在她和毒火蛛下方的地面上，成群的万毒蜘蛛抬着
一个个茧匆匆来去，茧里捆着不同的异兽，这些茧作为
这次征战的战利品，都被挂在竞技场中的大网上。

　　就快了，那些战士就要被挂在这儿了，露达姬想。
美特吕的六位战士集合他们各自的元素能量，用马特兰
人的三种美德：团结、责任和使命，将他们的敌人马古
他封在液态能量原晶体里面，只有战士们亲自动手才能
将这封印解开。

　　"瓦克马那帮人犯了两个天大的错误，"露达姬说，
"第一，他们误以为马古他是孤立无援的，恰恰相反，

尽管马古他被冻结在液态能量原晶体里，他的能量无法施展，但是他的思想和意识仍然能够自由支配，就是按照他的指示，我们才来到这儿，占领了美特吕！"

毒火蛛连忙点头称是，对它来说，不附和露达姬简直就是自寻死路。

露达姬笑了笑，她回想起战士们刚刚回到美特吕城时，他们是那么的骄傲、自信、不可战胜；然而万毒蜘蛛的毒液改变了一切，现在他们成了一种半英雄半异兽的怪物——魔兽战士，而且生平第一次，战士们必须去面对来自自身的黑暗力量了。

"他们最好趁早逃得远远的，"露达姬回过神来继续说道，"逃到连马他吕神做梦都想不到的星球上去，因为这些战士连一线生机都没有了，不出几个小时，顶多几天，万毒蜘蛛就能找到他们。"

露达姬瞥了一眼毒火蛛。"我跟你说这个干吗？你根本就不是万毒蜘蛛，对不对？"

在露达姬洞穿一切的冷酷注视下，毒火蛛犹豫了一下，然后摇身一变，变成了战士诺加玛的模样。

"没错，你又说对了。"她用诺加玛的声音说，但脸上却比诺加玛增添了更多的仇恨，"我叫克拉卡，是个异兽，就是你的爪牙在这个城市中忙着追捕的众多异兽之一，我现在就是来取走你这怪物的性命的！"

面对挑战，露达姬突然放肆地大笑起来，她那略带疯狂的刺耳的笑声久久回荡着。

克拉卡小心翼翼地围着露达姬绕了几圈，这个会变形的异兽一辈子面对过很多敌人，甚至包括美特吕战士们，但是对阵露达姬还是头一回。她仔细计算着，思考着计策，非常谨慎地移动每一步，任何一个多余的姿势或者不必要的动作，都可能给她带来麻烦。

露达姬却很喜欢这种单打独斗，她本可以立刻下令把克拉卡抓起来，但是她不想放弃单独会会对手的机会。竞技场已经成了比武的空地，万毒蜘蛛们都闪到一旁，等着看它们的统领如何降伏这个异兽。

克拉卡先发制人，她从诺加玛的模样变成一种丑陋的地下生物，那副样子足以吓疯一个正常的马特兰人：该生物有十二英尺高，细瘦灰白的身体侧边，生出来六个细细长长的尖刺一样的东西，这些尖刺非常坚韧，可以像鞭子一样抽打，尖刺的末端是六个丑恶扭曲的爪子，这些爪子只需一击，就能撕裂六英寸厚的金属盔甲。

现在双方力量悬殊，克拉卡在力量和高度上都比露达姬占有优势，而她柔韧的身体也能够缓解任何强有力的攻击。但露达姬却技高一筹，她巧妙地躲闪开克拉卡的每一次进攻，同时不停地伸出爪子还击。更糟的是，她的攻击速度快、频率高，让克拉卡只能应付，无法再施展自己变身的能力。

露达姬防御得滴水不漏，攻击也更加猛烈，她的对手被打得摇摇晃晃；接着露达姬使出了毒蛛飞轮，其巨大的能量足以让克拉卡保持现在丑陋的样子永远不能变身。克拉卡眼看就要被打中了，她迅速变身成一种微小的洞穴生物钻入了地下。全场静默，有些万毒蜘蛛以为露达姬已经赢了，但是其他的都还在观战。露达姬本人则静静地站在竞技场中心，等着克拉卡重新出现。

她脚下的地面微微震动起来，在露达姬反应过来之前，地面突然碎裂，她一下子掉到一个水村鱼虫巨大的嘴上，直接滑进它长满牙齿的嘴中。一些万毒蜘蛛往前凑了凑，好像要过来救她，而另一些则原地不动，看上去倒是很高兴有人能把她吞下去。

不过它们注定不会高兴多久，露达姬用她的爪子抓住了鱼虫大嘴的边缘，在被吸进其胃里之前把自己拉了出来。回到竞技场上，她静静地听着大鱼虫在地面下钻动的声音，鱼虫运动速度很快，一般人的眼睛是跟不上的，但是露达姬目光敏锐，她突然出击，爪子穿破地面，凭借巨大的力量把大鱼虫抓了上来。

身处困境的克拉卡立即变身成一条小小的熔岩鳗，如同炽热的岩浆一样灼烧着露达姬的手，露达姬不得不甩手把她丢掉。克拉卡趁机滑到一旁再次变身，这次她变成了看守竞技场的体态巨大的暗黑守卫蛛，向露达姬发射出一张万毒蛛网，把她粘贴在竞技场的墙上。

"你以为……变成我的手下……就能打败我吗，"露达姬如蛇一般咝咝地说着，她收缩自己的身体从网眼中钻了出来，"而且你竟会变成这种愚蠢的大块头，小异兽，要瞄准你这么大的目标也太容易了吧。"

露达姬说着就发出第二个毒蛛飞轮，此时变身已经来不及了，克拉卡被打倒在地，但她还是勉强变回水战士诺加玛的模样，挣扎着想要站起来。

毒蛛魔后抢先一步钳住她的脖子，把她压在地上不能动弹。"我应该现在就杀了你，"露达姬说，"不过……你也算是有点儿用处，浪费掉太可惜了。"

克拉卡低声咒骂着，露达姬强扭着她的脖子，让她环视竞技场中观看比武的万毒蜘蛛们。"我只要随便一句话，甚至点点头，它们就会过来抓住你，用毒汁把你变成更加丑恶不堪的模样，让你在镜子中看到自己的相貌就能难受地死去。"露达姬说，"但是，我这儿还有另外一条路，你想选哪个？"

露达姬松开克拉卡，异兽马上站起来，她仍旧保持着水战士的模样，轻声问："另外……什么路？"

"不是每个异兽都会死在那张大网上，有一些有用的可以毫发无损地活下来，甚至可以变得更强大，只要它能够听命于我。你也可以，你身手不凡，和美特吕战士交过手——没错，所有的事情我都知道——这些足以让你成为我的得力干将。"

克拉卡陷入沉思，如果她立即拒绝露达姬，可能会马上被抓，甚至会当场被杀死；但如果接受这个安排，她之后或许还有更好的复仇机会。

"好，"异兽说，"我同意。你想要我干什么？"

露达姬微笑着说："毒蛛邪帝带领万毒蜘蛛正在四处搜捕魔兽战士，如果他能抓到战士们，万事顺利；一旦他抓不到，我需要有人确保这些战士再没有反抗我的能力。"

"怎么才能确保？"

露达姬伸出手来搭着克拉卡的肩膀，领着她边向前踱步边说："我们要给这些美特吕的英雄帮个小忙，你和我，我们要告诉他们一个关于他们自己的秘密。"

　　"现在这是什么情况?"战士努祖问，"我们来这儿干吗?"

　　他此时正站在冰村的边界上，这里刚刚经受地震的摧毁和万毒蜘蛛的残害，他从智慧塔破裂的水晶表面上看到他自己变丑的相貌。曾经勇猛的美特吕战士努祖和他的朋友们，现在被万毒蜘蛛的毒液变成了怪物模样的魔兽战士。

　　努祖仔细看着自己的样子，他的面罩和武器都被扭曲得快要认不出来了，他的身体强壮了，却像异兽那样一直弓着背。最让他受不了的是内在的变化，代表正义的战士和代表黑暗的野兽不停地在他内心中交战，他必须动用全部意念力量才能压制住企图发作的兽性。

他转过身，发现冰之异者并没有在听他说话，那双形状奇怪的小眼睛正望着天空，努祖也顺势抬头望去，除了偶尔划过天幕的几只冰蝙蝠之外什么也没看到。

"真美啊，对不对？"冰之异者轻声说，"完全符合空气动力学，十分有效地将重力分布开，而它们的飞行速度……你知道吗，冰蝙蝠的速度可以超过飞跑中的异兽技迦那罗。"

"不知道，"努祖冷冷地说，"我不知道。"

他真想转身就走，把这个神经兮兮的异者扔在这儿观察那些会飞的小玩意儿，可是现在的处境让他不得不留在这儿，因为没有异者帮忙，他就无法完成任务。

"这样很浪费时间。"努祖咕哝着抱怨，"有一城昏睡的马特兰人等着我们去救呢。我们到这儿来是寻找残骸好重建飞行器的，不是来观鸟的。"

"啮齿动物，"冰之异者纠正他说，"冰蝙蝠是啮齿动物，不是鸟。作为一个学者你居然连这都不知道，你在天文台的那些年都研究什么呢？"

说着，异者指着天空中一只飞行着的虚弱的冰蝙蝠，它的翅膀在地震中被倒塌的智慧塔砸伤了，因为很难控制飞行，它曾经栽进万毒蜘蛛的蛛网中。

"你待在这儿。"冰之异者说完就从碎石堆上腾空跃起，朝着那只冰蝙蝠飞去。

"你要干吗？"努祖在他身后大喊，"那不过就是只鸟……呃，是只啮齿动物而已。"

"我做的事，和你要去做的一样。"冰之异者回答，"我正在救助那些不能自救的生命。"

他观察好冰蝙蝠的飞行线路之后，发射出背上的飞轮，飞轮直直地朝着冰蝙蝠飞去，粘住了它，并引导它飞回到异者身边。异者抓住了飞轮，把冰蝙蝠从上面拿下来，开始为它治疗伤口。

"很好用的小东西，"冰之异者继续说，"这东西叫旋风飞轮。"

"是，真好用，"努祖不耐烦地回答，"我要是想弄个捕蝙蝠器，肯定第一时间就找你。"

冰之异者很快就在蝙蝠的翅膀上绑了一个临时的支架，然后把它放在用智慧塔碎片搭起来的一个小洞里。当那蝙蝠挣扎着想要离开这个避难所的时候，异者开始跟它说起话来，他一边打着奇怪的手势，一边发出"咳咳、咔咔"的声音，甚至还吹起了口哨，更神奇的是，那蝙蝠似乎很认真地在听着。

"你在胡言乱语些什么？"努祖问，他越来越没耐心了。

"这不是胡言乱语，"冰之异者微笑着回答，"这是飞兽语，对于不会飞的人，能说成这样就差不多了。就好像飞兽们在飞行时不会浪费丝毫能量一样，它们说话时也不喜欢多费唇舌，你有兴趣学吗？"

努祖坚决地摇摇头说："不。现在我们可以走了吗？"

异者站起身来说："当然可以，魔兽战士，你在前面走，我会跟上的……只要你领的路是我想去的地方。"

魔兽战士诺加玛和水之异者沿着美特吕西岸静静地向前游着，在岸边可以清楚地看到一群群闪灵蛛正在把它们抓到的海洋生物捆绑在蛛网上。这些被抓住的生物要么像战士们一样被异化成怪兽，要么像马特兰人那样进入无尽的昏睡。

诺加玛没有注意岸上的情况，她正专心地划着水。现在的她变得十分敏锐，能够感受到海洋中所有细微的动静，甚至是小小的水流、漩涡和游过的鱼虾。她让自己的身体跟着波浪升起落下，身为美特吕战士，她从没在水中体会到这样的平静和安然，被异化成魔兽战士后反而会有这样的感觉，真是太奇妙了。

"看，也不是一点儿好处都没有。"水之异者说，"让内心的兽性部分引导自己，其实也挺舒服的，没准儿你都不想再变回去呢。"

"真的不再变回去的话，能有多恐怖？"诺加玛问，"我一样能为城市效力，一样能保护马特兰人民，和现在没有区别吧？"

"但是，你能保护你的朋友吗？你能保护你自己吗？"异者说，"一个人必须有极强的意念才能抵御内心兽性的诱惑。没错，你是有了新的能力，可你野兽般的欲念会给自己和亲人带来很大的麻烦。"

诺加玛真想让异者闭嘴，她没觉得有什么麻烦，异者的想法太可笑了，她相信自己能用新能力更好地保护美特吕。

水之异者有可能是嫉妒我，诺加玛想，同样是被异化了，我却比她轻柔又有力，她显然是出于嫉妒才这么说的，我得一直在她身边留心看着她，现在看她不一定值得信任呢。

在林村的高空，大批夺魂蛛正四处搜索。这些毒蛛都是棕色的，在被无数棕色缆线和蛛网纠缠住的美特吕天空中很难被发现。一只谷口鸟想要从捆绑它的茧中挣脱，但是要不了多久它就会被抓住杀掉。

一只夺魂蛛突然停止观赏它的猎物如何挣扎，因为它发现浅绿色的战士马陶和风之异者刚刚从这里闪过。他们的路线蜿蜒曲折，让人迷惑，可是风之异者虽然能在乱石堆上快速行走，却不得不老得停下来督促马陶。夺魂蛛们听不懂人类语言，因为万毒蜘蛛的语言很低等，但是它们都能看懂露达姬的唇语，通过辨别风之异者的唇语，它们知道战士就在附近。

一只飞翼毒蛛通过巨大的弥漫天际的蛛网传递出消息，现在周围的蜘蛛们都知道马陶在这里了。自从想办法逃出竞技场，魔兽战士们就分别踏上了各自的逃亡之路，虽然困难重重，但他们还是努力战胜了追击的万毒蜘蛛和自己内心深处的野兽本性。不过他们也感觉到，这些小小的交锋，只是万毒蜘蛛们在总进攻之前对他们进行的能力测试罢了。

旁边的谷口鸟终于筋疲力尽，放弃了，不一会儿，它就要进入无止境的休眠，不再有忧虑、担心、梦想，也永远不会有希望。它的生理机能会保持在临界点，不需要任何营养就能继续存活，它再也不能吃东西、在城市上空飞行，或者在缆线上筑巢了。这让夺魂蛛也很好奇，生活在临界点究竟是什么感觉呢？毕竟，再不用被露达姬呼来喝去的日子还是挺有吸引力的。

聪明的夺魂蛛赶紧把这个念头从脑子里赶了出去，没错，露达姬虽然不能洞悉每只万毒蜘蛛在想什么，但是她为之效力的那一位——黑暗魔王——却是无所不知的。现在最好还是专心抓捕战士们，少想这些白白让自己送命的事情吧。

马陶和风之异者消失在一幢大楼里。万毒蜘蛛们跟了进去，虽然它们不知道自己在搜索什么，不过这都无关紧要，蛛网的震动显示了越来越多的万毒蜘蛛们都包围过来了。

第一个被抓住的战士会成为诱饵，接着就会有其他战士们接二连三地来到万毒蛛网的中心救他……而他们永远都出不去了。

"这可是你想出来的馊招儿。"风之异者说，"现在可好，你又改主意了？"

"没错，我还有好多好主意呢。"马陶顶嘴说，"谢谢你提醒我。"

马陶把挡在他们路上的几块小碎石踢到一边。异者并没有错，是马陶建议说，用飞船逃离美特吕更安全的。但是万毒蜘蛛把林村的所有交通工具都破坏了，大家只能自己重新制造，于是战士们分头去找能制造交通工具的材料。如果——哦，不，马陶纠正过了，是当马特兰人获救之后，会有极其短暂而又宝贵的时间，让大家登上飞船逃走，这就是战士们要做的。因此，他俩才到了这个飞船机库里找那些造船用的液态能量原。

"那你现在又想干吗？"风之异者问马陶。

"去找你们说的那个神兽，"马陶说，"流星锤异兽，他能把我变回战士模样。"

异者不屑地哼了一声，然后说："我看，你也相信命名节那天只有善良的马特兰人能在城外的瀑布里捡到礼物吧。流星锤异兽是个传说，马陶。也许有的异者相信，反正我不信，一个那么大块头的异兽能活好几百年不被人发现？拜托。"

"哦,"马陶不爽地反驳,"照你这么说,就一点儿希望都没有了?我们就一直是魔兽战士了?"

风之异者没理他,突然加速跑开,腾空跃起,抓住一根伸出来的缆线,做了几个快如闪电的腾空转身翻滚动作,最后空翻三圈落在地上。"怎么样?不错吧,"异者说,"慢慢你就会习惯了。"

马陶吃惊地看着异者:"你是说你曾经也……"

风之异者站在一堆乱石上微笑着:"难道你觉得我一直就长这么难看吗?你觉得我生来就叫异者吗?当然不是。"他从乱石堆上跳下来,打了个滚,然后站在马陶面前,"我曾经是个战士……很久很久以前。不过我永远不会忘记的,真的,一旦成为战士,你会一辈子铭记在心。"

③

　　魔兽战士奥奈瓦和石之异者趴在一处溪谷的峭壁上，下面的溪谷里，一队卡奈拉牛正在费力地穿过狭窄的洞口。石村的马特兰人都被抓走后，卡奈拉就占领了这个区，它们一直在和莫卡虎抢夺地盘，因此边界地带常有这样的巡逻队走过。

　　"好，"石之异者说，"下面有半打卡奈拉牛，你打算怎么解决？"

　　"简单。我用面罩能量控制它们的队长，让它领着它们快点儿消失。"

　　异者摇摇头："你变成魔兽战士以后各自的面罩就不起作用了，笨蛋！再想个别的办法。"

　　奥奈瓦不耐烦地耸耸肩："那我就用我的破石力，

推石头下去制造滑坡，把它们吓跑。"

"还行，这比刚才那个强点儿。"异者的语气明显在嘲笑他，"还有别的办法吗？"

奥奈瓦突然站起来，举起身边一块巨大的石头。"我要用这块石头砸它们，"他嚷嚷起来，"一块不够我接着往下扔，直到把它们全埋在山谷里。还有你，你这个异者要是再不闭嘴，我也给你留一块！然后我就踩着卡奈拉的尸体去找我要的东西！"

石之异者绕到奥奈瓦身后拉住他的胳膊，异者没有用很大的力气，只是想让战士把石头放下，但是奥奈瓦没动。"你的魔兽性格显现出来了，"异者说，"它总是想要破坏和伤害别人。"

异者说着指向山谷里，那儿有两头卡奈拉牛正在低着头，用角去顶对方的肚子。"你要是不能控制性格里的这一部分，就会像它们一样在互相残杀中死掉。"

奥奈瓦目不转睛地看着异者，把手里的石头举得更高了。异者望着他眼睛的深处，想找到这个野兽躯壳中原来那个善良的美特吕英雄的痕迹。如果魔兽部分已经在他内心获胜，那真是让人失望啊，异者心想，太让人失望了。

自从成为美特吕战士，威诺瓦就老是处在奇怪的境地，遇到奇怪的事情。变成了半人半兽的魔兽战士之后，他甚至有点儿希望在自己身上能发生更奇妙的事。可这次，他无论如何也没有料到自己正在一个档案室的入口处，下半身被半埋在地里。

"我们在这儿干吗？"他问。

地之异者没说话，甚至连看都没看他一眼。

"我们应该去档案室找升浮飞盘,"威诺瓦继续说,"你还记不记得啊?"

这次,地之异者终于扫了一眼自己的同伴,然后转过身凝视着黑暗。

"你找什么呢?"威诺瓦生气地问,"还有,为什么我们要在一堆土里找飞盘?"

异者还是没理他。威诺瓦气得要死,正要从地里爬出来,异者突然抓住他的手腕,用惊人的力量拽着他,把他重新拉回地下。"嘿!"威诺瓦愤怒地甩开手。

异者向黑暗中指去,就在这时,一只夜间爬行动物匆匆走过,穿过通道。它大概有七英尺长,长着六条腿,爪子一张一合,好像在找猎物充饥。

威诺瓦正想说要观察异兽可以另外选个时间,突然有只万毒蜘蛛出现了,直冲前面的爬行动物而去。可怜的爬行动物意识到危险时已为时太晚,万毒蜘蛛射出蛛网把它抓住了。

地之异者的眼睛眯了起来,低声怒骂了一句,发射出他的飞轮。飞轮静静地飞出去,打中蜘蛛并且粘住了它,蜘蛛不能动弹了。没等威诺瓦明白过来,异者已从地里冲出去,跑到爬行动物身边撕它身上的蜘蛛网。

等战士赶过去的时候,爬行动物已经被解开了,它头也不回地快速消失在黑暗里。异者朝着一动不能动的蜘蛛比画了一下,对威诺瓦说:"学着点儿。"

一靠近万毒蜘蛛,威诺瓦体内的兽性就发作起来,就像本能一样难以控制,他必须用全部意念力量才能克服。威诺瓦不断地告诉自己,在成为战士之前,他只是一个档案研究员,现在正是近距离研究敌人的好机会。

在黑暗中的某处，突然有只石头鸟嘶叫起来，听着这动物的哀号，威诺瓦心头一紧。他多么想跑进这无边的黑暗，为了生存奔驰、追捕和战斗；多么想像那些异兽一样，不必对周围的人承担责任、履行义务。他越想就越觉得能立刻变成异兽该有多好。

想到这里，威诺瓦赶忙从万毒蜘蛛身边退开一步，接着又退了一步，就好像他和万毒蜘蛛身上分别带着同极磁铁一样。地之异者越过一块大石头，挡住了威诺瓦的退路。"让你学着点儿。"他说。

"但是……"

异者摇着头说："你学会了，才能活下去，不然的话……"

威诺瓦极不情愿地回到万毒蜘蛛旁边。但是他内心很清楚，要不了多久他就会控制不住自己的兽性，和其他异兽一样成为破坏这个城市的一员，到时候，他想，没有一个异者能拦得住我。

瓦克马回到自己原来的锻造厂，疯狂地捶着门。他没完没了地打着门板，直到门锁被打飞了，金属门板凹下去一个大坑，再也无法修补了。然后他环顾四周，想找个顺手的家伙接着打。

"你有必要这样吗？"火之异者说。

"没必要。可是这样很有意思，"瓦克马说，"你不觉得吗？"

异者跟着战士进入了黑洞洞的车间，说："我看到的只是无目的的破坏。"

"那又怎么了？我是个战士。我们战士能干的事儿，就是破坏，你不会还不知道吧？我们的友谊、我们的家园、我们的城市……全都已经被毁了。我们一个人也没救出来，一件东西也没救出来，甚至连我们自己都没救出来！"

瓦克马一把抓起几个铸造面罩的工具，朝着墙上猛摔过去。"这里都是没用的废料，"他低声咆哮着，"我们不该回到这儿来。"

"你曾经在这儿过着快乐的生活，不是吗？"异者说，"即使成为美特吕战士之后，你也常常想回到这里继续做一个面罩铸造师，对吧？"

"我成为战士之后干了很多傻事儿，这只是其中一件。"

"异兽的怒火控制住了你，瓦克马。它让你肩负的责任变成了你不愿面对的重担，我看得出来。"

瓦克马冲过来，抓住异者，把他提到半空中。"你看出来什么了你，小矮子！你不了解我，你一点儿都不了解，就别装着很了解的样子！"

有那么一会儿，火之异者觉得瓦克马就要对他进行攻击了。但是战士只是颤抖了一下，就把他放回到地上了。"在我正常之前别靠近我，"他警告说，"不然我可不对自己的行为负责。"

"我能照顾好我自己。"异者回答道，"但你能做到吗？"

瓦克马没说话。他开始翻找起来，在一大堆工具、半成品、残破的面罩以及烙有他往日生活印记的各种东西中，他一边翻找一边自语："我知道就在这儿，可是到底在哪儿？"

火之异者在旁边看着瓦克马，他正把曾经对自己那么重要的东西一件件随意地到处乱扔。别人都说，瓦克马是六位美特吕战士中最具活力最有个性的一个。现在看来，他这种叛逆的性格让他比别人更快地被心中的兽性控制了。

"你在找什么？"异者问，"没准儿我能帮忙找找？"

"在力刚被抓住之前，我拿到一份林村的订单，要做六个飞船控制器。我做好了之后还没来得及把它们装配上，所以它们应该还在这儿。"

瓦克马在他的桌子上找了半天，又到地上翻找，仍是一无所获。他失望地拿起一个飞盘狠命地扔了出去，飞盘撞在墙上，居然把墙打了个洞，一间隐秘的小工作室露了出来。

通过瓦克马脸上惊讶的表情，异者看出来他也并不知道会有这样一间密室。他三步并作两步跑过去，拉开门，伸手进去抓出来一个火红的飞盘，上面刻着面罩的图样。

瓦克马看着这飞盘的样子，就好像那是一条洛拉克毒蛇，随时都会咬死他一样。"怎么会这样？"他喃喃地说，"不可能，这不可能。"

火之异者爬上管子，在瓦克马肩膀上盘旋着。飞盘上刻的面罩绝对不是魔兽战士们使用的，也不是其他任何一个战士使用的。"这到底是什么飞盘？"

瓦克马举起飞盘，把它狠狠地摔在地上，飞盘自己燃烧起来，战士和异者静静地看着它。

过了很久，瓦克马终于开了口，他的声音听起来好像游离在思想之外似的："我不明白，异者，这明明就是一个战士飞盘，是火战士的飞盘。和我成为美特吕战士那天在苏瓦发现的那个一样，那上面刻着我的私密面罩，那是我命中注定要按照马他吕神的旨意成为战士的标志。"

他捡起地上仍然滚烫的飞盘接着说："这张战士飞盘上的面罩，属于努伊，一个火村马特兰人，他发现了六个神奇飞盘的其中一个，并且帮助我们战胜了莫布扎克植物。"

瓦克马在自己的包里找到自己的战士飞盘。虽然变成魔兽战士之后不能再使用它了，但是他仍旧随身带着，作为战士的标志。现在，他郑重地看着它，如同第一次见到它时一样。异者从自己高高的位置看下来，也能感觉出来他不对劲了。

"有些图案被擦掉了。"瓦克马异常平静地说，"之前我从没注意到，有些图案原本在那儿，但是被擦掉了，之后我的面罩图案被刻在了上面。"

他颓然跌坐在地上。"现在你知道了吧，如果真是这样的话，那么努伊才是注定要来完成这个使命的人。我……我只是个错误，我根本不是什么火战士！"

异者努力想找些话来安慰他，可又什么都说不出来。他想告诉瓦克马，确实有过一个错误，现在火战士的位置必须有人来顶替，可是他什么也不能说。保持沉默，他想，总比说谎好。

　　诺加玛和水之异者来到了神殿的后门门口，她们本以为会有成群结队的万毒蜘蛛在此把守，然而出乎她们的意料，这儿什么都没有，更令人惊奇的是神殿竟然完好无损。

　　魔兽战士推开门，站在那里犹豫了一下，终于下决心往里迈了一步，却又停下来。"我怎么了？为什么我觉得这么不舒服？"

　　"因为你不再是纯粹的马特兰人了，"水之异者轻声说道，"你体内的魔兽性格是不被神殿所接纳的，这也是为什么万毒蜘蛛们都不敢到这里来的原因，神殿庇佑的是马他吕的造物主，而万毒蜘蛛却是万物的破坏者。"

"我们是来拿保存在这里的面罩的，"诺加玛思考着说，"所以我得加强体内的战士意念才能完成任务。"

她定了定神，朝着殿内的黑暗走去，慢慢地一步一步走着，对每个魔兽战士来说，这都是不容易的。她直朝着保存面罩的密室走去，从火美特锻造好的面罩都被运到这里存放。为了不被兽性折磨，诺加玛希望快点儿拿到面罩赶紧离开这个地方。诺加玛扯下密室外门上的锁，把门打开，眼前的一幕让她怔在原地。一个小小的生物，可能有一英尺半高，正站在她和密室的内门之间。它好奇又仔细地看着诺加玛，却没有要进攻的意思。但是当诺加玛移步朝内门走的时候，它却挡住诺加玛的去路，不论她想从哪边绕都不行。这样反复三次之后，诺加玛火了。

"一边儿去！"她低吼道。

这时水之异者也走了过来，问道："这是谁？"

"不知道。可能是这个密室的看守吧，不过它干吗跟我过不去？"

"它不是马特兰人，也不是马特兰生物。"异者说，"而是个不该存在的东西。"

诺加玛单膝跪下，和那个小看守面对面地说："听着，我是美特吕水战士诺加玛，我现在需要这里的面罩，为了这个城市的安定你得让我进去。"

这个小看守认真地看着她，表情滑稽可笑，但是诺加玛却笑不出来。这时小看守突然抬腿轻轻一踢，就像在踢面前的一块小石子一样，诺加玛却应声飞了出去，直撞到对面的墙，摔在地上。

"不该存在的东西，"水之异者说，"却存在着。"

在存放面罩的密室里，克拉卡停下来仔细听着外面打斗的声音。她听出来是诺加玛在说话，于是加快速度完成自己的任务，虽然她很想冲出去和诺加玛一较高低……

不，她心里暗想，来日方长，露达姬的计划能慢慢削弱战士们的力量，到时候我想怎么收拾他们都行。不过，哼，露达姬会先完蛋的。

她变形成为瓦克马的样子，走到存放面罩的地方。六个银灰色的面罩分别放在六个石槽里，等待有人来戴上它们，运用它们的能量。每个石槽上方都刻着面罩所对应的元素的象形符号，但是克拉卡不关心这些，她只关心那些没有在眼前呈现的。

露达姬曾告诉她，在莫布扎克出现之后不久，一个冰村马特兰人曾经来过神殿，正是他刻下了这些象形符号，和注定会成为美特吕战士的六个人的名字。水村马特兰人发现了这个秘密，她们怕马他吕神的旨意就这样轻易地泄漏出去，于是连忙把这些雕刻的文字填平了。克拉卡这次的任务，就是让这些名字重见天日。

克拉卡精准地运用了热力和火焰，将填充在雕刻纹路的液态能量原熔化掉，于是那些名字一一显现在石头上。她默读着，脸上泛起得意的微笑。

哦，是啊，她想，不管怎么说，露达姬真的够狡猾，太狡猾了，狡猾到多留她在这世上一天都不行。

外面的打斗声越来越大，克拉卡完成任务必须离开了。她可以自由地变形，于是她变成生活在地村地下的一种气态生物，从门缝里飘了出去。

忙着对付小看守的诺加玛可没工夫注意从天花板下

飘过去的那团雾气，她好像怎么进攻都伤不着对方似的。而那个看守却异常厉害，它甚至从没碰到过诺加玛，就已三番五次地把战士打倒在地。一次次倒地让诺加玛越发愤怒，她已经感到内心的兽性就要占上风了，不过她并不理会。

水之异者高高地悬浮在诺加玛身后，观看着这场力量悬殊的对阵。这里面一定有蹊跷，而且得在诺加玛丧失理智之前弄清楚告诉她。因为水战士的行为是听从头脑指挥的，而魔兽战士的脑子里基本没有什么策略，只有野性。

这时诺加玛飞身跳起，然而看守突然抬脚一踢，还在半空中的诺加玛顿时落下，重重地摔在地上。

它只做动作，却从不碰她，异者想，至少……我没看见它碰她。

在诺加玛又一次发起攻击的时候，异者朝着看守头上几英尺的空气发射出自己的飞轮。飞轮本该直接穿过去，然而它终于解开了异者内心的谜团。小看守正忙着一次次地踢倒诺加玛，并没看到异者发射飞轮。异者敏锐的眼神跟踪着飞轮的路线，它好像撞在一堵隐形的墙上，能量耗尽掉落在地。

异者急忙落到正在挣扎着站起来的诺加玛身边，急促地对她说："我知道怎么回事儿了！它不像它看上去那样！"

诺加玛一把推开异者，但异者却坚持要跟她说话："诺加玛，听我说！听着！魔兽战士只知道运用武力，但是现在武力不能解决问题！"

"那什么能解决问题？"诺加玛吼道，"告诉我啊！"

"你还记得那条洞穴鱼吗？它受到惊吓的时候会膨胀自己的身体，这个看守正好相反——它让它自己变小！"

诺加玛很费力地企图理解她听到的这些话，这对盛怒下的魔兽战士来说确实很难。"变小？"

"你看到的小看守不过是在模仿你看不到的看守的动作，"异者说，"它的诡计就是看似在保护一个自己的小模型，其实真正的它正在外面攻击你。"

诺加玛点点头："真的看守是不可见的……但是水能改变这个状况。只要我还有我的控水能力……"

"你有，"异者边说边把她扶起来，"你的飞轮啊，战士。集中精力发射它！"

自从变成魔兽战士，诺加玛就尽力不去想这个变形成自己身体一部分的难看的飞轮和它的发射器。现在她却要用到它，这可真是太费劲了，和之前相比，她需要用到更多的意念力才能触发元素能量。不过，突然之间，从发射器里喷出一股强劲的水柱，穿过房间直冲向对面的看守。

瞬间，密室里大雨倾盆，雨点刻画出真实的看守的轮廓，差不多是小看守的七倍大。诺加玛微微一笑，笑容中丝毫没有愉悦，有的只是猎人就要抓获猎物时的那种快乐。

"现在，咱们看看天气不好的时候你有多大能耐。"她说着向看守冲去。

看守的小模型又诡秘地抬腿要踢，它的动作只是大看守的复制品。此时诺加玛已经能清楚地看到她的敌人，她敏捷地躲开这一脚，俯冲到地上顺势一滚，落在看守脚边。接着她猛击看守的腿，看守站立不稳，像一棵大树一样摔倒在地。诺加玛一跃而起，跳过去将它钳在地上。

"我是战士！"她叫道，"我是！我是！"

"好了，诺加玛，已经结束了。"异者说，"你已经赢了。"

慢慢地，诺加玛回过神来，她压制住了内心的兽性，有点儿不好意思地看了看异者。"我……我失去控制了，是吗？我失去理智了。"

"但是你现在又能控制自己了。"异者回答，"这才重要。"

诺加玛起身打开密室的内门，闪身进去。突然，她轻声惊叫出来，异者听到立刻飞奔进去看个究竟。

魔兽战士正紧盯着存放面罩的那面墙，每个石槽上都刻着命中注定要成为战士的人的名字。异者顺着诺加玛的眼神看过去，在水的象形符号旁边，刻着的名字是"维索拉"。

"名字不对。不对，不对，不对。"

冰之异者一边走在智慧塔中心的走廊上，一边看着那里的档案记录，自言自语。战士努祖走在他前边很远的地方，尽量当做异者不存在一样，集中精力做自己的事，不过想要听不见那滚滚而来的念叨声还真的很难。

"哦，"异者又轻声说，"不，不，谁能想得到这个啊？"

努祖停下脚步，慢慢转过身来，他眼睛瞪向异者，怒目而视。而异者正在看关于异兽的一些记载，那些文献都是从档案馆里借出来的。"怎么了？"努祖问。

"谷口？谷口是个什么样的名字？"异者问道，不过更像是问自己而非努祖。

"就是那一种鸟的名字。这么多年来它们一直叫这个名字。"

"嗯，但是它们不用这名字称呼自己，我可以保证。"异者说，"谷口这个词在它们的语言里甚至可能是个脏字……我不确定，我得去问问。"

"以后再问，"努祖说，"我们有任务。"

"总是对手头上的工作那么专心，"异者边说边快步赶上战士，"真令人敬仰。我敢说就是满天飞着各种动物你也不会注意到。"

"要是它们也跟你一样没完没了地发出噪音，我会注意到的。"努祖屏息对自己说。

战士带着异者来到智慧塔的中心，这里是个大型的车站，很多交通管道在此汇接。由于智慧塔的保护，管道基本没有损坏。尽管管道的外层已经被严寒冻上，努祖还是能够让里面的液态能量原流动。

努祖走过去，从墙上的一个小洞内抽出一把刀，刀上充满跳动着的能量。"好，这其实很容易。冰村的马特兰人经常这么干。"他把刀递给异者，"你去管道的最顶端，用这个把它砍成两段。我会用我的飞轮把两端冻上，把液态能量原封在里面。不过在这之前——"

魔兽战士发射出三个能量轮，它们从纵横交错的管道下面斜穿过去，于是出现了一条直达战士和异者脚下的冰做的斜坡，这样落下来的管道段就不会摔坏了。

异者看了看努祖又看了看那把刀，然后转向努祖问："为什么要这样？"

"推进器。"努祖回答，"管道里的液态能量原蕴藏着极其巨大的能量，我们只要把这些管道段当做推进器装在飞船上，到时候在后面的冰上开一个小口，这些能量就可以推着我们向前走了。"

异者还是满脸疑惑，但是他仍然尽责地跳到管道的顶端，举起了刀。他最后看了努祖一眼，冲着那个交通管道劈了下去。

一只电极蛛应声从管道里冲了出来，撞到了异者。异者倒下来，手里的刀被撞落到一条管道下面，自己也单手在管道上吊着，十分危险。蜘蛛对着努祖猛发了一阵飞轮，将战士封在电光罩里面。努祖被突如其来的雨点般的攻击困住不能动，只有看着蜘蛛们一步步朝异者逼近，他闭上眼等待着那声惨叫的来临。

　　"在哪里呢？我上次肯定在这儿看见过。"威诺瓦正在档案室里翻箱倒柜，把那些保存多年的珍贵的文件扔得乱七八糟。地之异者在一旁静静地看着，他不知道威诺瓦在找什么，当然他也不在乎。

　　威诺瓦终于从一堆文献里拽出一块古代石板，高兴地喊出声来，他吹了吹上面落的灰，十分骄傲地拿给异者看。"我第一次读到万毒蜘蛛这个名字就是在这儿，"他得意地说，"它们是很久以前被商人带到美特吕来的，这里面说不定有些有用的信息。"

　　异者点点头，这起码让威诺瓦能意识到知识带来智慧的重要性，让这个档案研究员还记得自己曾经是美特吕战士，是一个马特兰人，这对他抵御内心的兽性是极有帮助的。

"无人知晓万毒蜘蛛来自哪里，为何来此，"威诺瓦读着石板上的字，"有些懂得其语言的人说，万毒蜘蛛名字的意思是'生命的盗贼'，另一些则说是'剧毒的灾难'，不论哪种解释，都代表不祥之意。人们惧怕万毒蜘蛛，因为它们如同肆虐于陆地上的霍乱，所到之处生灵涂炭。"

威诺瓦摇了摇头，凑近石板继续分辨上面的字："下一段已经太模糊了看不清……再下一段……嗯，有据可查的事实是，一些夺魂蛛不愿听命于它们的首领露达姬和毒蛛邪帝，企图造反，但露达姬……"

魔兽战士突然停下了，过了一会儿异者问："她把它们都杀了？"

"没有。"威诺瓦说，"那样的话还仁慈点儿。"

异者觉得最好不要让威诺瓦一直琢磨他刚刚读到的这段话，于是说："我们去找要找的东西吧，没时间了。"

"什么？哦，对。"威诺瓦回过神来，把那个石板装进包里。

在档案室里找到大块的降重飞盘还是很容易的，这些飞盘会和升浮飞盘一起被安装在飞船上，用来控制飞船的起飞和降落。威诺瓦把它们装进包里，和异者一起从档案室的一个出口出来。他们发现自己竟然没有来到地面上，反而越来越向下深入。

"在下面走可能比上面更快，"战士解释道，"注意留心周围。"

"一直留心着呢。"异者回答。

　　威诺瓦尽可能走最短的路线，一半是因为之前居住在此的异兽们都能自由活动了，这个城市还是很危险的；另一半是由于档案室让他的魔兽部分感到窒息和压抑，就好像一个正在收拢的陷阱，他得尽快离开这儿到蓝天白云下面去。

　　这时战士跟异者突然停了下来，原来他们的上方传来阵阵打斗的声音，威诺瓦小心地向上张望，发现一个灰色的拉希正在对抗一只巨大的万毒蜘蛛。拉希动作灵活，出手敏捷，但万毒蜘蛛却能轻松抵挡它的进攻。

　　"暗黑守卫蛛。"异者轻声说，"不妙啊。"

　　"怎么了？"威诺瓦问。

　　"看着吧。"

　　拉希企图从暗黑守卫蛛的旁边溜走，却被毒蛛强壮的腿给拦住，这时毒蛛明显开始觉得这场打斗很无聊了，于是朝它的对手发射了黑暗飞轮。飞轮击中了惊恐的拉希，在它还不知道怎么回事儿的时候，一片暗影笼罩过来；瞬间，拉希就看不到了，剩下的只有无尽的黑暗。

　　地之异者不等威诺瓦开口问，就回答说："那拉希还在那里，一直被困在永恒的黑暗之中。你看不到它；它也看不到你，也听不到你，也碰不到你，也永远不能出来。"

　　"好吧，"威诺瓦轻声说，"我看我们还是走另一条路吧。"

　　他们俩静静地转身往回走，才走几步，眼前就闪出一团黑影挡住了去路。那是一只暗黑守卫蛛，它紧紧盯着战士和异者，它的飞轮就要发射过来了。

"你曾经是个战士？"马陶愣愣地问，"但是，你……你……"

"又矮？又丑？长得像拉希，让人看了难受？"风之异者说，"没事儿，你尽管说出来吧。这些年我也常常这样说自己，甚至用更难听的词。"

"但是，你怎么会……"

"火之异者是我们之中最能讲故事的，我可不行。不知道怎么回事儿，他们火村的人就是爱讲故事，估计是被热气熏的。"异者边说边向后跳到一根管子上。

"那是谁对你们下了毒手？什么时候的事？"马陶又问。

异者微笑起来，他知道马陶真正担忧的是什么，他怕他这辈子一直保留异者的相貌，再不能成为英俊的战士。如果他不小心点儿，可能到最后比现在这样还要难看，不过还是不告诉他比较好，异者想，现在这样就已经够他受的了。

"大概情况是这样：我们六个战胜了敌人，至少我们以为战胜了，但是敌人也有为他复仇的朋友。冰之异者、地之异者、石之异者和水之异者中了他们的埋伏，被抓走异化成现在这样。我和火之异者因为……嗯，不同的原因没有和他们四个在一起，我们俩把他们救了出来，但是自己也被异化了。这就是整个故事，这就是我们这群怪物的来历。"

"你没有完整地回答我的问题。"马陶坚持着。

异者吊在空中一根管子上，接着一个空翻落到了一块机器的碎片上。"这样啊，你是想知道谁这么残忍又变态会对其他人下这种狠手……哪个怪物会把自己的快乐建立在别人的痛苦之上。好吧，她曾经看到过你，战士，在你没有看到她之前，她就见过你。正是她，把你变成了魔兽战士。"

异者停下来，静静站着，盯着地面，他的回忆如洪水般涌了出来。他想起自己曾是一个战士，自由而充满力量，保卫着马特兰人民，感到满足和快活。他想起自己曾为正义而战，没人能够阻拦。而此刻，就像之前每一次回想时一样，恐怖的记忆再次出现，那一夜之后，他再不是一个英雄了。

"露达姬。"他轻声说，看都不看马陶，"是她干的。她异化了我们，她尖声狂笑着。别人也许是来救助异兽、对抗毒蛛，或者要找那个古神话里所谓的流星锤异兽的。而我，我是要让露达姬再也笑不出来的。"

马陶不知道该说什么好。他一直都在想，自己成了这副模样该怎么办，如何才能变回战士，如何才能复仇，但他却从未想过，要是一辈子都将是这个样子，自己是否也应该思考一些其他的事情。

为了结束这个尴尬的时刻，战士决定提议继续去找他们要找的东西。异者却突然朝他一挥手，接着直奔大门冲过去，马陶紧随其后跑到门口时，异者已经把门死死地关上，并拿起一些碎石块往门口堆。

"它们来了。"他说，"快帮我堵上这门。"

马陶问都不问就知道他说的是谁，他也听到了门外万毒蜘蛛的动静，从声音可以判断有几十只。

"还有其他能进来的入口吗？"异者问。

"窗户，不过都锁死了。"马陶说，边说边努力回想这大楼里的地形，蜘蛛们的逼近让他体内的魔兽部分越来越无法抗拒，"嗯……楼顶上的机库门……可能因为地震的破坏被打开了。"

不等异者说什么，马陶冲向楼梯直奔顶层，一路上他透过窗户看见，无数万毒蜘蛛从四面八方而来，沿着大楼向上攀爬，在战士的火把映照之下，蜘蛛们的肚子闪烁着诡异恐怖的光。如果它们先到楼顶，马陶就没机会把它们关在机库门外了。

上面突然传来玻璃碎裂的声音，一只毒蛛用一条腿戳穿玻璃窗，在里面摸索着寻找机库门的门锁。马陶急忙捡起一截管子，冲着它的腿猛抽过去，蜘蛛不得不把腿缩了回去。战士能听见蜘蛛们的腿在墙上摩擦出的声音。被大虫子弄死可不是一个战士应该有的死法，他想，即使长得像我这么难看的战士也不应该这么死。

他朝上望去，机库门果然由于地震而被豁开了，满天的星光透过门口洒落下来，一瞬间，星光消失了，一群万毒蜘蛛的巨大的身影挡在了门口。

这将是史书上最悲壮的一页，马陶对自己说，如果还有人能活下来去记录历史的话……


石之异者抬头看看奥奈瓦，魔兽战士浑身抖个不停，并不是因为他举着的石头太沉，而是因为他内心的战士和异兽正在交战。

"凡事都有另一个解决方案。"异者指着峡谷对面的峭壁说，"你要做的就是找到它。"

奥奈瓦顺着异者指的方向看去，只见峭壁高处有个山洞，这明显不是个天然洞穴，因为洞口边缘被刻意凿成了锯齿形状。奥奈瓦笑了笑，举起大石块瞄准洞口直接扔了进去。

很快山洞里就有了动静，三只石头鸟出现在洞口，四下寻找是谁敢攻击它们。这些长相奇特的异兽在石村地下居住，专门狩猎比它们个头还大的生物，它们的手臂末端生有可以雕凿石块的刀，可以在它们横扫一个地区的时候派上很大用场。三只鸟很快就发现了峡谷里的那队技迦那罗牛。

它们立刻采取行动，往下啄峭壁上的石块，很快峭壁上的石头都开始松动滑落，下面的技迦那罗被落下的乱石吓得惊惶失措，乱作一团。这时石头鸟又俯冲下去追逐那些跑得慢的野兽，很快，整个峡谷又是一片荒凉。

"看见了？"异者说，"有时你要像技迦那罗一样凶猛，有时又要像石鼠一样灵活，都能成功。"

"我们最好下去，要不然一会儿石头鸟该回来了。"奥奈瓦回答说，"它们通常不攻击战士和马特兰人，不过现在你我都不太像人。"

战士和异者沿着峭壁向下爬，他们要去的地方是石村的一个山洞，那里存放着飞盘。奥奈瓦认为那里存着一些升浮飞盘，这对造飞船可是至关重要的。他们拿到飞盘就可以回林村跟其他人会合了。

奥奈瓦在前面带路，飞盘果然就在他记忆中的山洞里。他正收集飞盘，突然听到洞穴深处有踩碎石块的声音。"别动。"他跟异者说，然后自己慢慢走过去。

"稍等——"

"我说了别动！"奥奈瓦压低声音说，"那里面要是有什么东西，我们俩总得有人把飞盘带回去。"

魔兽战士小心翼翼地向洞穴深处走去，迎面滑过来一条石蛇，它足有六英尺长，完全可以把大石头缠成碎末。按理说，声音可能就是它弄出来的，可是此时这条蛇似乎遇到了什么更加强大的怪兽力量，就像奥奈瓦曾经遇到的一样，它只是急匆匆地要溜出山洞。

声响的来源并不难找。洞穴中的一堵墙坍塌了，留下一个大窟窿，奥奈瓦穿过窟窿，发现自己来到一处雕凿出来的石殿里。他的异兽部分感觉到了危险。他用尽意念力让自己不要逃离。

尽管有了异兽的一些本能，这里还是黑得让他看不清东西，奥奈瓦只好伸手摸索着墙壁。这时他的手摸到了一长串浮雕，感觉像是一篇刻在墙上的文章。于是他伸出双手仔细地摸索，希望能读出文章的意思。

一阵寒意穿透了奥奈瓦的身体。这些雕刻的文字应该是一些公式，就是冰村马特兰人成天在智慧塔里学习的那些东西。要是努祖在就好了，奥奈瓦想，任何一个人在都比我强。

"两个太阳……阴暗时刻……伟大的神灵陷入昏睡……世界从此黑暗。"奥奈瓦突然把他的手收了回来，就好像刻字烫到他了似的。一瞬间，他想到了这里是什么地方，曾经属于谁。

这是马古他的老窝之一，他想，这是他估算何时让黑暗降临、计划如何残害马特兰人民的地方。怪不得我的兽性发作得厉害，它感到了这里的魔力。

奥奈瓦转身想要离开，却又停下了，他弯下腰去看地上的一块石板。里面太暗了他看不清上面写的字，于是把它揣在怀里带了出来。也许这石板上有些有价值的东西，他想，比如能变回战士的咒语，或者找到流星锤神兽的线索，总之会有点儿东西的，什么都好，能改变我们的命运！

在洞穴口，石之异者看着那条石蛇滑了出来，闪进了山里。玩蛇他不擅长——那是火之异者的能耐——不过那蛇总让人感觉哪里不对劲。

他向后看了看，奥奈瓦仍然没有出现。时间已经来不及了，等魔兽战士出来就太晚了，异者决定自己完成任务。

他把飞轮安装好，朝着石蛇游走的方向出发了。要是我抓住那条蛇，我就要看看它到底哪里不对劲，他给自己找理由，要是它抓住了我……

他觉得最好别那么想。

"异者，我发现了——"

奥奈瓦收住了声音，异者已经走了。他四下看看，没有打斗或者其他踪迹，就算他有一半是异兽，却也不善于追踪。

他拿出那个石板来看。不一会儿，他就想起了自己曾经有一次陷在漩涡中，沙子和黏液朝他涌过来，他正慢慢地陷入无尽的沼泽，他觉得永远都不可能出去了……他确信，永远都不可能出去了。虽然后来他出来了，但是那种感觉会跟随他一辈子。

奥奈瓦的目光落在了一句话上。他又念了一遍，接着是第三遍、第四遍。他希望那些字突然变成别的，但是却没有。突然之间，奥奈瓦明白了究竟发生了什么，

同时他也深深感到无助起来。他只知道一件事：把石板
带给其他战士看。

　　他们得知道事实，他对自己说，就算这事实能把我
们全毁了。

⑥

　　瓦克马一脚踢开密室的门，冲了进去，火之异者紧跟其后。

　　"你不能这么干。"异者坚持说，"你在践踏他的记忆。"

　　"他的记忆？那我的生活怎么办？"瓦克马咆哮着，"我放弃了一切——我的家，我的工作，我的朋友——就因为我被选中成为战士！如果这些都是谎言，我至少有权知道！"

　　"但是擅闯战士力刚的密室……"

　　"他不会介意的，他已经死了。"战士回答，"哦，你不会不知道吧？他就是因为选错了美特吕战士才死的！"

战士力刚最后的家里陈设简单，只有这一间屋子，屋子的角落有一个大柜子，上着锁。瓦克马一拳把它打成碎片，一块石板应声掉落出来。

"你还不了解情况！"异者继续劝说着，"也许这只是个误会。你难道要为了这个就背弃你的朋友，不顾马特兰人民的安危吗？你如果错了怎么办？"

"我没错！"瓦克马把石板随手丢给异者，异者险些没接住，"看吧，写得很清楚！"

异者看了看石板，确实是力刚亲笔写上去的，就在他被黑暗猎手抓住之前。上面写着：

"我更加确信长老杜马有什么问题，但是即便我是对的，我又能做什么呢？我是一个战士，却要和长老对抗，他还有一支瓦奇军队……更不用说尼德希奇。我那天已经在城里指出他并不干净了。我必须找到帮手！

"但是找谁呢？谁能成为美特吕战士？按理说应该是六个发现神奇飞盘的人，这是马他吕留下的传统！但是今天早上我醒来之后，觉得这样明显的预兆，反而会影响我找到真正的命中注定要成为美特吕战士的人。瓦克马……奥奈瓦……威诺瓦……努祖……诺加玛……马陶……这几个人才是我的内心告诉我将成为战士的人，依靠他们我才能拯救这个城市。"

异者看完把石板放下，看着瓦克马说："这说明不了什么，只能说他曾经改变过主意。"

"这说明他早知道！"魔兽战士回答说，"他早知道该选谁，只是有件事……或者有人……让他改了主意，让他选了我们。我现在就要找出……"

没等战士说完，异者突然飞身冲出密室，瓦克马立刻跟了出来，只见异者用手指着空中的蛛网，成百上千的万毒蜘蛛在那些细绳上快速爬行着，它们都去往同一个方向。

"有行动。"异者说，"是冲着林村去的。这意味着……"

瓦克马点点头："意味着马陶有麻烦了。"

"最好有人能帮帮我！"

努祖睁开眼睛，透过身前的电光罩，他看到冰之异者单手吊在管道的下面，正在和万毒蜘蛛们搏斗，蜘蛛越聚越多，而异者已经显出疲惫之态，过不了多久他就不行了。

魔兽战士想试着出去，却发现自己只能在电光罩之内活动，他没办法帮异者的忙，而电极蛛在解决了异者之后，一定会回来收拾他的。

不！我既然已经有了异兽的能力，他想，我就要用战士的意志来控制它！我能——我一定能——把这能力激发出来！

努祖挺胸向前，冲进电光罩，高压电一次次冲击着他，那感觉如同千万根烧得炽热的针扎在身体里，他不禁叫了出来。努祖体内的异兽部分告诉他快停下来，快躲开这种折磨，但他的理智还是占了上风。战士一寸寸地向前移动着，他强迫自己走出了电光罩。而当他筋疲力尽地出来时，万毒蜘蛛却没给他留什么休息时间。

它们一起进攻，好几个电光飞轮冲他飞来，不过努祖都躲开了，同时他发射出去几个冰雪飞轮，里面蕴藏着他的冰元素能量，将被打中的蜘蛛都冻在原地。

努祖知道自己在打一场必败的硬仗，他和异者每打倒一只万毒蜘蛛，就有百十个上来顶替它的位置，要想活下去简直是奇迹。而就在这时，他居然听到异者又在一边"咳咳、咔咔"一边吹口哨地说着异兽的语言。

"你到底在干吗？！"努祖一边抵挡蜘蛛一边问，"现在不是显摆你会说异兽语言的时候！"

"你能想到比这更好的时候吗？"异者笑着回答，那表情在一个难看得好像拉希的脸上出现，真让人觉得奇怪，"我只是邀请一些朋友来。"

智慧塔大厅里突然回响起细小而尖厉的叫声，努祖简直不敢相信自己的眼睛，他看到下面的走廊里出现了成千上万只冰蝙蝠。它们从各个出口涌进来，冲向万毒蜘蛛，攻击蜘蛛们，然后转身飞起，再次攻击。冰蝙蝠越来越多，努祖几乎看不到他的敌人万毒蜘蛛了，他转身正撞到站在身边的异者。

"万毒蜘蛛这下有的忙了，冰蝙蝠会适时撤退的。"异者说，"咱们也该走了。"

"我们得拿到管道。"努祖说着，仍然站在那儿看着打成一锅粥的蝙蝠和蜘蛛。他之前只见过一小队冰蝙蝠，从不知道还有这样庞大的族群，它们攻击万毒蜘蛛的战斗表现简直可以用疯狂来形容，努祖甚至怀疑自己已经死了，而眼前的这些场面都是自己想象出来的。

不，他又想到，我不相信命运对我这么残酷，让我死了也要跟这个倒霉异者永远在一起。

"我们可以去别处弄到管道，"异者说，"虽然我也想留下来看我们漂亮的蝙蝠大战万毒蜘蛛，但是你我有使命在身，我们得去塔顶。"

异者说完就跑，努祖没有别的办法只好跟着他。他想问异者为什么要去塔顶，那里可能有埋伏着的万毒蜘蛛，到时要么束手就擒要么又得来一场酣战。

异者一冲出塔顶的门口，就开始噼里啪啦地说起兽语。不一会儿，两只巨大的谷口鸟朝着智慧塔飞来。

"哦，不不不，"努祖无奈地摇着头说，"我拒绝相信这些事发生过。"

两只鸟降落在塔顶，异者立刻飞身爬上了其中一只，努祖意识到万毒蜘蛛可能正在下面追踪他们，于是决定先逃走比较重要，以后再跟异者争论谷口鸟的问题。他刚上去抓牢鸟儿的脖子，他们就起飞了。

"你要是从没乘坐过谷口鸟，那你等于没活过。"异者开心地说。

"你庆幸自己没死吧。"努祖看着下面说。

异者大笑起来："你看，努祖，这就是跟异兽对话聊天，而不仅仅简单地命令它们的好处。要是土村马特兰人学会这些，他们的档案馆就没有那么多麻烦了。"

"我下次见到威诺瓦一定告诉他。"努祖说。

"现在的问题是，我们离开这儿以后要去哪儿？"

魔兽战士看了看西南方，成千上万的万毒蜘蛛在网上穿行，默默地朝林村而去。"那边。"他说，指着马陶的家乡，"希望我们能赶上。"

威诺瓦闪身躲开暗黑守卫蛛的飞轮，它打中一个展示柜，一会儿，柜子和里面的档案全都湮没在黑暗里。

另一只暗黑守卫蛛出现在他们身后，现在他们被困在两只巨大的蜘蛛之间。异者看看这只又看看那只，计算着怎样在它们进攻之前把它们解决掉。

其中一只毒蛛又瞄准异者发射出飞轮，威诺瓦一把推开他，自己也险些被打中。飞轮穿过他们正好击中了另一只暗黑守卫蛛，那蜘蛛渐渐消失在黑暗中。

"就是那个方向，"威诺瓦说，"咱们从那儿走。"

异者却摇摇头说："不走那里。你发射飞轮，然后把飞轮和发射器之间的能量抓住。"

这个命令听起来很奇怪，但是威诺瓦还是照做了，他发射出飞轮，然后抓住了两个工具之间的能量，一瞬间，那感觉就像有巨大的电流穿过身体一样，威诺瓦不禁问："怎……怎么回事儿？"

"控制好飞轮，"异者说，"让它更有力，现在把能量放出去。"

威诺瓦努力把飞轮发射出去，没想到它直接向下打到地面上。土元素能量一下子释放出来，飞轮将地面击出一个巨大的洞，战士、异者还有暗黑守卫蛛全都跌落进去。

"拜托，你要瞄准的是蜘蛛！"异者喊道。

威诺瓦一把抓住异者的手，喊着："抓好！下面有水，我觉得……"

魔兽战士还没说完，那暗黑守卫蛛就在下落的过程中冲他发射了一只飞轮。阴影笼罩过来，战士和异者都被拖入黑暗之中。

"我们可以趁现在攻击它，然后……"威诺瓦继续说，"呃……我们这是在哪儿？"

他环视四周，他们已经停止下落了，反而好像是站在一块平地上，但是周围一团漆黑，只能看见异者，却也很暗淡模糊。

"在黑暗里。"异者说，"在永恒的黑暗里。"

"哦，不。"威诺瓦的声音里逐渐出现一种被陷阱抓住的动物的恐惧："我不要永远被囚禁，我不能被囚禁，我要自由，我要奔跑跳跃，我要跋山涉水，我要……"

"帮助你的朋友，"异者提醒他，"拯救马特兰人民。"

"哦，对，当然也要做这些。"威诺瓦说，"所以我们得出去。"

这时有什么东西从魔兽战士身边擦过，他惊跳起来，虽然他看不到任何外面的东西，但他能感觉到有另一个生物就在身边，正在移动着，它很大，有好几条腿，慢慢越走越远了。

"刚才那只暗黑守卫蛛！"他轻声说，"它也在这儿！"

现在异者也觉察到了。"跟着它。"他说，"也跟紧我，不然你永远找不到路出去。"

战士跟异者在黑暗中小心翼翼地紧跟着上面暗黑守卫蛛的响动。这让威诺瓦想起力刚战士曾经让他戴着眼罩干活的训练，力刚说这样能帮助他更好地运用战士能量。他这个训练的成绩并不理想，不过身临其境的时候总会激发人的潜能。

"我们去哪儿?"

"去它要去的地方。"

"要是它胡乱溜达呢?"

"那我们就跟着享受一场新的历险。"异者说。

"哈，真是好极了。"威诺瓦讽刺地念叨着，"马他吕神最了解我了，现在我就缺新的历险呢。"

"你的滑行动作需要多多练习。"石之异者突然说，他一直在峡谷的峭壁上追踪那条石蛇。石蛇一路都没有回头看他，异者却并不因此就认为石蛇没有察觉被人跟踪，相反，它似乎并不在乎异者一路跟着它。

在异者说完话后，石蛇盘回身来冲他咝咝地叫着。他耸耸肩继续说："我家乡的蛇滑行的本领很高，火之异者曾经想抓住它们，却被弄得快疯掉了。你应该跟它们学学。"

石蛇冲过来，盘卷住异者的身体，异者不慌不忙，并不想反击或者逃走，甚至还流露出无聊的神情。"你也可以跟我学学，当然，你要是勒死我就学不到了，不过你想勒死我就随便吧。或许露达姬会为此表扬你，拍拍你的头呢。"

石蛇听到这里，面孔因为愤怒而扭曲起来，紧接着它的整个身体也随之扭曲，瞬间之内，石蛇就变成了露达姬。石之异者上下打量着这个万毒蜘蛛统领者的完美复制品，说："你的本领确实惊人，不过你所选择变化的东西，让人觉得你的品位有待提高。"

克拉卡透过露达姬的眼睛盯着异者，冷冷地问："你为什么跟踪我？"

"你是异兽。"异者回答，"是我的猎物。"

"现在你是我的猎物了。"

"我们都是猎物。"异者说，"任何阻挡露达姬的人都是她的猎物，你我最终都会被困进一个大茧里。除非……你跟她有协议？这就是为什么你从那些刻了字的山洞里溜出来的原因，对吧？"

"我是我们种族的最后一个。"克拉卡回答，"我可以为了生存而做任何事。"

石之异者轻笑了一下："在这儿你是最后一个，但是别忘了外面还有无尽的宇宙。"

克拉卡一下子抓住异者的领子，把他拎到半空："说！快告诉我我的同类在哪儿？否则，我让你见识见识连露达姬都忍受不了的痛苦。"

"别动怒，"异者说，"别动怒。我知道你这样的异兽曾经在哪儿生活，那里是个和平快乐的世外桃源，不过万毒蜘蛛把那儿毁了，你的同胞们奋勇抵抗，他们可能是所有生物里面撑得最久的，但是最终还是被打败了。我最后一次在那里看到的，是一个巨大的蛛网坟墓，和美特吕的这个一样。"

克拉卡愤怒地把他扔到一边，异者重重地摔在一块巨石上，昏了过去。"露达姬向我保证给我自由，只要我听从她的安排。"她说，"我还没有准备好跟她对抗，在准备好之前，我得听她的命令。但是……"

"没错。她让你干什么你就干什么，克拉卡。"

突然听到奥奈瓦的声音，异兽急转过头去，发现战士正站在一块巨石之上，那野兽般的脸上有种可怕的表情。"你就是一个爪牙，一个工具，一个露达姬军队中誓死听命的士兵。上次我遇到你的时候，还以为你是一种具有智慧和尊严的异兽，但现在看来，你也不过就是个没脑子的动物罢了。"

克拉卡的脑中闪回出第一次遇到奥奈瓦和其他战士的情景。他们袭击了克拉卡在档案馆下面的家，至少她是这么认为的。她努力抵抗但却失败了，不过她发誓一定要报仇。现在战士被异化成这副德行，她却没有感到一丝快乐。相反，她终于明白，一个能把战士折磨成这样的恶魔，会对她和这个城市中的其他异兽下什么样的毒手。

她变身成了一个矮胖的、好像蛋糕一样的黏黏软软的生物，手臂都是锋利坚韧的刀，和她相比露达姬甚至都算是美人了。"我不喜欢战士。"她怒喝着，"也不喜欢战士们保护的那些马特兰人。这城市本该属于我和我的异兽兄弟们！但是……我不想要一个废墟，特别是被露达姬和那些蜘蛛蹂躏过的废墟。"

克拉卡又变大了一倍，看起来更可怕了，奥奈瓦都不敢随便眨眼或者转身背对她。"现在说吧，你有什么计划？"克拉卡问。

魔兽战士抬头看看，各种各样的万毒蜘蛛正在天空中的网上向林村方向快速移动着。"我没计划，但是它们应该有。"

克拉卡看着那些朝着征服之地行进的蜘蛛，她曾经是其中一员，很容易猜测出这些蜘蛛此行的目的，看来，战士所剩的时间不多了。

"走吧。"她说，"我们需要好好讨论一下，你和我，还有…… 一位朋友，我们可以在半路接到他。"

奥奈瓦叫醒异者，三人一起在石村急行。他们关注着前方的一小队蜘蛛，没人发现一只夺魂蛛慢慢显身在他们刚刚谈话的地方。它的颜色从周围石头的灰青色变成了原本的深棕。这种蜘蛛可以随身边环境来变换自己身体的颜色，还能够长时间一动不动地静立。

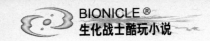

　　它轻巧地爬上附近的一张蛛网，但并没有跟随那些蜘蛛大军前往林村，却朝着相反的西南方向而去，那里是竞技场所在之地，露达姬一定有兴趣听听它刚刚听到的这个有意思的小插曲。

马陶爬到楼梯尽头的时候，第一只万毒蜘蛛正好也
到了机库门口，不容多想，战士接连发射飞轮，聚集起
风元素的飓风之力，把万毒蜘蛛吹走。马陶逮住这个好
机会，将机库门关紧，又用一根金属棍闩上门。于是万
毒蜘蛛们开始疯狂地撞击机库门，金属棍已经开始弯曲
了。

不知在什么地方，另一扇窗户被打碎了，马陶向下
看却找不到风之异者。毫无希望了，他想，这么多入口
需要人把守，我们无论如何也没办法阻止蜘蛛们进来。

"马陶！快救我！"

突然门外响起一个声音，这声音并不是异者，而是
诺加玛。

"马陶！快让我进去！快！"

魔兽战士飞速冲下楼去，发现求救的声音是从另一侧的大门那里传来的。诺加玛和水之异者可能被万毒蜘蛛们困在那里了。

"坚持！诺加玛！我这就放你进来！"他一边喊一边搬动着风之异者设置的那些障碍物。

"快！它们到处都是！我……啊！"诺加玛话没说完，取而代之的是一声尖叫。

马陶正在挪动最后一块大石头，风之异者突然出现把他推倒在地。异者虽然个子矮小，但是力气却很惊人。

"不许开门！"异者喊道。

"但是诺加玛……"

"马陶！求求你！我们要死了！"外面又传来诺加玛的求救声。

"那不是诺加玛！"异者说，"那是个诡计。你打开门我们俩都得玩完！"

"马陶！你在干吗？快救我！"

诺加玛的声音牵动着马陶的心。她是他的朋友，马陶有时候甚至希望他们可以比朋友更亲密。他不能就这样让她死在外面，他无论如何得救她。他熟悉她的声音，那明明就是她！为什么我要听一个拉希脑子的建议，而不是相信自己的直觉呢？他自问。

马陶不理异者跑向门口，异者紧跟了上去。

"问她问题！"异者说，"问她只有她能回答的问题！"

诺加玛的尖叫声再次传来。马陶推开异者："没时间测试了！她要死了！"

他不顾异者的阻拦，击碎最后一块大石，拔掉门闩，打开了门。

十几只万毒蜘蛛站在外面，根本连诺加玛和水之异者的影子都没有。它们的小头目是一只地幻蛛，它磨着牙齿，发出了诺加玛的说话声。

"非常感谢，马陶。"地幻蛛用诺加玛的声音继续说，"我们就知道关键时刻能指望得上你。"

此刻，真正的诺加玛和水之异者正在赶往林村的路上。她们成功地藏起了之后要在飞船上用的面罩能量，此时她们正在水下行进，偶尔浮到水面上来勘察一下地情。

诺加玛首先看见了一座塔，它看上去好像竞技场的那些塔的其中一座，但是等她们游近一些，却发现情况十分糟糕。塔上都是碎石和蛛网，裹着各种各样异兽的茧吊满塔的四周，还有越来越多的万毒蜘蛛聚集在塔周围，忙着结网和加固。在塔顶，一个深红色的强壮的生物站在那儿，指挥着其他蜘蛛。他不太像万毒蜘蛛——因为他双脚站立，比其他蜘蛛高很多，对它们呼来喝去。

"那是谁？那是什么？"诺加玛小声问。

"那就是毒蛛邪帝，万毒蜘蛛之王，他在这儿指挥这些蜘蛛，"异者说，"他很懂战术，也很残忍，喜欢使用极端暴力。到目前为止，这些对他都很管用。"

"还有那座塔……我对林村不是很熟，但我记得那里本来没有塔吧？"

"是万毒蜘蛛自己造的，作为它们的基地，"异者回答，"和展示攻击的舞台。我没猜错的话，它们已经知道马陶和风之异者在这里，打算大战一场抓住他们。"

"太可怕了。"诺加玛说。

"不，"异者说，"这是个好机会。你得学会看见事物的另一面，诺加玛。"

努祖和冰之异者也从高处看到了这个塔，努祖立刻催促他的谷口鸟降落在旁边一处房顶上，异者看着他，摇了摇头。

"那不是个好主意。"他说。

"侦察敌人的位置，作好准备再出击永远都是好主意。"努祖一边俯冲一边说。

"我不是指那个。"异者对着他的背影喊。

谷口鸟载着努祖降落在一个废弃的造车厂楼顶，他一下来，鸟儿就飞走了。魔兽战士正想要找个有利地形，好从近处观察那个塔，六只瓦奇出现在他周围。

"我指的是这个。"异者从高处喊道，"隐形。我真讨厌隐形！"

"你确定这是个好主意？"奥奈瓦已经是第四次问这个问题了。

克拉卡带着他来到火村中心的一个巨大的地洞口。奥奈瓦从没见过这个大地洞，不过诺加玛和马陶曾经告诉过他这是怎么造成的。在他们寻找失踪的力刚战士的过程中，诺加玛、马陶和瓦克马遭遇了一个叫做托塔龙的狂暴的怪物。他们用衰弱飞盘成功地在地下建了一条巨大的通道和巢穴安置这个怪物，只不过在这之前，那怪物已经把火村的大半地区都给毁了。

"你难道有更好的主意？"克拉卡回嘴道，她摇身变成一只四英尺高的带翼昆虫，"对付露达姬，我们需要同盟军。"

"而且我们没有选择。"石之异者也说。

奥奈瓦看了看手中那块石板，自从在石村遇到克拉卡，他就一直很奇怪，自己怎么那么轻易地就发现了马古他的老窝，那么巧就摸到了这块石板。

"既然说到证据，"他说，"是你把这个放那儿的，对吧？"

克拉卡耸耸肩回答："对啊。露达姬希望你们知道属于你们的真实情况——当然是为了她自己，她派我把这东西给你。"

"真实情况？这上面说的……应该是谎言才对，"奥奈瓦坚持说，"如果它是真的……"

克拉卡从她盘旋的地方向下看着，说："所谓的诡计只是你发现它的方式，这东西本身可是真的，上面的字也是真的。这就是露达姬对付你们的撒手锏。"

"是吗，她可真是厉害，"奥奈瓦看着异者消失在洞里，喃喃地说，"其他人知道这个情况的话……即便我们赢了，也等于输了。"

威诺瓦与地之异者一直跟踪那个暗黑守卫蛛，他们感觉就像跟了很多年一样。突然，右边的一声响动转移了战士的注意力，让他险些跟丢了暗黑守卫蛛，还好地之异者一把抓住他，把他拉了回来，不然他就永远消失在黑暗中了。

"还有多远?"他问。

"不知道,"异者说,"它可能迷路了,正在找哪里能够出去。"

"跟我们一样。它要是找不到出去的路……"

"我们也找不到,"异者说,"永远也找不到。"

露达姬坐在马古他的宝座上,心烦意乱。毒蛛邪帝去林村进行战前准备已经很久了,现在他就算不能抓住全体战士和异者,至少也该把马陶和风之异者带回来了。

除非他给搞砸了,她想,如果真是这样,马古他一定很不高兴,等到黑暗之主苏醒后,毒蛛邪帝就失宠了,而我则成为马古他最信任的副手。

她笑起来。自从她和毒蛛邪帝联手将六位战士异化成难看的魔兽之后,两人就开始在马古他面前争宠。到现在为止,无论是毒蛛邪帝的胜仗,还是露达姬狡猾的计策,都没有让他们得到他们垂涎已久的位置:统领马古他全军的摄政王。露达姬知道美特吕之战是她排挤毒蛛邪帝、确保自己地位上升的最后机会。她一定要成功,即使万毒蜘蛛之王会因此丧命也在所不惜。

一只突然进来的夺魂蛛打扰了她的权力美梦,她认出来这就是派去盯着克拉卡的那只。它带来的消息露达姬早就料到了。

"当然,她会背叛我。"她说,"其实我早就该背叛她了。在我眼里,她一点都不值得信任。"

夺魂蛛继续汇报了奥奈瓦和克拉卡一起跟着万毒蜘蛛去林村的细节,还有毒蛛邪帝招集众多万毒蜘蛛想要攻击躲在某个飞船机库里的一名战士和一名异者,现在他们都在那个地区的一座塔里，等待命令。

"根据以往的经验，毒蛛邪帝总是杀鸡用牛刀，"露达姬说，"不过这次，他恐怕是歪打正着了。万毒蜘蛛的大规模移动肯定会引起其他战士的注意，他们会去林村救自己的朋友，就像飞蛾扑火一样。"她转向夺魂蛛问，"你知道那些人落入我们的蛛网会有什么后果，是吧？"

那毒蛛点点头。

"现在去林村，找到毒蛛邪帝，"露达姬命令道，"让他找只暗黑守卫蛛，开辟一条通道，再次释放兹王蝎的黑暗力量的时候到了。"

夺魂蛛接到指示慌忙爬走，听到兹王蝎的名字让它浑身瑟瑟发抖，它匆匆穿行在蛛网上，向林村而去。过去，万毒蜘蛛做了无数残酷无情的恶魔般的事，而且它们这样做的时候也很开心。但是这次，不论以什么原因释放兹王蝎的力量，都将出现更加残酷、更加无情、更加如同恶魔一般的情况，这简直就是丧心病狂。

魔兽战士的末日真的到了，夺魂蛛想，但愿这不会也是万毒蜘蛛的末日。

　　四只瓦奇在火村的街道上小心地前进着，它们通常在石村的峡谷里面进行巡逻活动，但美特吕的劫难让每个瓦奇都不得不为保卫它而作出自己的努力。

　　它们要去的地方是前面不远处的竞技场。美特吕最高的建筑，直入云霄，可惜现在看起来它已失却了曾经的雄伟，它的正面有一个大大的裂缝，整个建筑都裹满了蜘蛛网。万毒蜘蛛的高层活动都在这里进行，瓦奇们的任务就是消灭这些胡作非为的蜘蛛，这是它们拯救城市的第一步。

　　巡逻队长打了一个暗号，其他的瓦奇立刻四散开。毋庸置疑，这些异兽有瞬间隐形的本事，可是它们这样分散力量从多个角度进攻的战术却是值得商榷的。

等到每个人都到达自己的位置后，行动继续。

最左端的那只瓦奇首先找到目标，一只闪灵蛛正在竞技场和一个铸造厂之间结网，瓦奇瞄准它发射出能量流，毒蛛被从网上打落在地，它站起来死死盯着瓦奇，发出低沉恐怖的嗡嗡声。

瓦奇向前走了一步，却好像被绊了一下，等它低头看的时候，才发现自己的一条腿已经不能用了，它正在从固体慢慢变成气体。不多时，整只瓦奇就被汽化成无数气体分子，如同一缕青烟消散在空中了。

它右边的瓦奇用前面的武器当做前腿，四条腿一起走路，看起来有一个小建筑物那么大。它爬上一片蛛网，迅速扫视了一下，发现周围没有万毒蜘蛛，看起来只要沿着这张网前进就能直接进入竞技场了，它开始慢慢爬行。

没爬出几步，瓦奇开始发现要爬过这张网似乎比想象中要困难得多。它觉得体能消耗很大，身体也变得特别沉，最奇怪的是它听到一种莫名其妙的嗡嗡声。感到不对劲的瓦奇快速检查了自己的身体，发现自己的表皮已经不再是发亮的金属色泽的液态能量原，而是坚固的石头。

还没等它想明白是什么东西能让一个瓦奇变成石头的，它脚下的蛛网就因为承受不了它的重量而破裂了。瓦奇从高空掉下来，在地上摔成无数碎石块。一只闪灵蛛出现了，踢了踢几秒钟前还是一只瓦奇的碎石头，然后爬走了。

瓦奇巡逻队长停下来，在它和竞技场入口之间有几只万毒蜘蛛，它想回头告诉自己的副队长暂时按兵不动，等蜘蛛们过去再说，却发现副队长已经消失了。

瓦奇队长觉得很奇怪，它迅速查看了其他瓦奇的位置，同样空空如也，在它正要往前走的时候，突然听到头顶上传来奇怪的瑟瑟声。它抬头看见两只毒蛛正在把它的队副捆成一个茧，然后抬着它向竞技场去了。

队长迅速权衡了一下局势。四只瓦奇被派出来执行此次任务，只有一只还活着，它对自己说，这件事需要向上汇报，尽管胜利完成任务最重要，但是也要在每只瓦奇的下落都明了的情况下。现在的新任务是，回到中心汇报情况。

通常瓦奇不怎么跑，它们只在追捕犯罪分子的时候才跑。但是现在，眼看着自己的三个兄弟在短短的几分钟之内就消失了，队长不得不尽快跑回去了。

它回头看了看，没有万毒蜘蛛跟着它，这在汇报的时候要好好说说，看来是队长的威严吓住了那些蜘蛛，嗯，说不准我能因此从队长升职为班长。

突然间苍白的阳光被暗影遮住了，大地开始抖动，队长觉得可能又是一次地震，于是跑到附近一个棕绿色的建筑下躲避。

接二连三的震动袭来，队长躲着的那个建筑都跟着不停地摇晃，就在它安全地躲好之后，才突然想起在火村绝对不可能有棕绿色的建筑。

它再抬头为时已晚，随着托塔龙巨大的棕绿色的脚从天而降——队长已再也不能看见什么了。

四十英尺的高空中，托塔龙的后背上，奥奈瓦听到瓦奇队长被踩碎的声音不禁心里一缩。他并不太喜欢这种异兽士兵，但是看到托塔龙的时候，他越来越觉得把这种怪兽从地下引诱出来是个错误。还是在克拉卡不断引导着它前进的时候，它已然毁掉了无数建筑，要是它再发起狂来没人控制得了，将会出现什么惨剧？

唯一能确定的是，奥奈瓦从没见过这样的怪兽。当它从那个大地洞口爬出来时，他确信这世上没有比它再大的东西了。在怪兽看来，战士就如同一块小零食一样。托塔龙长着一张爬虫才有的脸，脸的周围长了一圈银色的鳍，凶猛的爪子上如预期一般抓着一块肉。它的前腿出奇的小，但是身体其他部分都大得惊人，它的尾巴只要轻轻一扫，一幢楼瞬间就变成一堆瓦砾。

"我要答案！"托塔龙吼叫道，"给我答案！"

"它要什么答案？"石之异者问。

"我也不知道，"克拉卡说，"我在地下深处发现它的时候它就一直喊这句话，于是我就说万毒蜘蛛知道答案，但是它们偏不告诉它。"

奥奈瓦边摇头边笑着说："你如果不是个……异兽的话……你将会成为一个极其出色的战士。"

克拉卡立刻变成奥奈瓦的样子，简短地说："我知道。"

努祖和冰之异者背靠背站着，周围的万毒蜘蛛一步步逼近。他发射了不少冰飞轮阻挡蜘蛛们，自己也耗费了很多能量。他决定一旦蜘蛛们朝他们吐丝织网，他就抓着异者一起跳开，然后用飞轮的冰能量在下面射一道滑梯，一起滑下去，这个时候任何冒险都该试试，再不能被织进茧里去了。

他们脚下的楼板突然晃动起来，停了几秒之后又开始晃动。"万毒蜘蛛干的?"努祖问。

"我看不是,"异者回答,"它们好像也莫名其妙。"

努祖环视一周,觉得确实不是万毒蜘蛛搞的鬼,这时他突然发现了震动的源头,不过他看了好一会儿都不敢相信自己的眼睛。话说回来,谁曾听说有两个奥奈瓦和一个异者骑着一个四层楼高的怪兽出现在美特吕呢?

"我知道作为战士就得经历这些事,"努祖静静地说,"不过这次我已经丧失思考能力了。"

现在万毒蜘蛛们也看到这几位了,它们中有一些朝着大怪兽发射飞轮。托塔龙只轻轻抖动了一下,两幢楼和一个大管道车站就成了废墟,目睹这一情景,蜘蛛们四散逃开,压根儿忘了还要抓捕努祖和冰之异者。

"你要是丧失思考能力,我看我也差不多了,"冰之异者笑着说,"托塔龙!想象一下吧!我从没料到自己能看到一个活的!"

发现努祖根本对托塔龙这名字无动于衷,异者只好接着说:"这是一种生活在美特吕南方地下的大型食肉动物,它们群居在一起,四处捕猎,吃光一个岛上的生物就再游到下一个岛。不过我奇怪的是怎么会有单独的一只跑到这么遥远的北方来。"

托塔龙发现了他俩,低下头看过来,努祖强忍着没有被它嘴里发出的臭气熏得呕吐。这时两个奥奈瓦都跳到楼顶上,石之异者还留在上面。

"这正是美特吕最需要的。"努祖说,"两个奥奈瓦。"

其中一个奥奈瓦听了之后转身变成了努祖,问道:"现在是不是更好?"

"由于显而易见的原因，我目前尽量避免照镜子。"努祖回答，"我也尽量避免遇见你，克拉卡。"

"我要答案！"托塔龙又吼道，它嘴里喷出的强烈气流差点儿把战士和异者们从楼顶上吹下去。

"我也想要，"努祖说，"我想要的答案更多。"

"其他人在哪儿？"

"我们在空中看见了瓦克马、火之异者、诺加玛、水之异者几个人，他们正在赶往这里，"冰之异者说，"没看见马陶和风之异者。"

"他们应该在一个机库里面。"努祖说。

"我看就是那个，"奥奈瓦指向远处，"万毒蜘蛛们都拥向那里。"

"那我们得去救他俩。"

"什么？"克拉卡反对道，"你在浪费时间！你拖延的每一秒都让露达姬和她的怪兽们离占领整个城市更近一步，和这相比一个战士的性命算什么？"

奥奈瓦和努祖什么都没说。他们用冰飞轮和石飞轮铺出两条道路，直奔马陶所在的机库。

冰之异者抬头看着克拉卡："如果你不能理解，他们也没什么可说的。"


"有光亮！"威诺瓦指着上方喊道。

上面那个暗黑守卫蛛立刻停下来，等了一会儿又继续前进了。"安静点儿，"地之异者说，"要是它听见咱们转回头……"

威诺瓦了解，但是他实在按捺不住心中的喜悦。在他们上方的无尽黑暗中，终于透进来针孔大的一星点光亮，暗黑守卫蛛正朝着那个方向行进，威诺瓦坚信那亮点就是一个出口。

异者一路十分专注地观察着前面的毒蛛，如果那个亮点是个出口，它很可能在毒蛛出去的瞬间消失，他们俩要么紧跟毒蛛出去，要么就永远留在黑暗里，直到找到下一点光亮。他眼看着亮点越来越大，越来越亮，心里计算着出去的时间能有几秒。

"快跑！"他突然说，冲着暗黑守卫蛛猛奔过去。威诺瓦一下没反应过来，落在后面几步。毒蛛从亮点中穿了过去，战士跟异者纵身一跳，几乎在亮点消失的同时也冲了出来。

他们重重跌落在一条马路上，由于长时间在黑暗中行走，一时间突现的明亮日光让他俩的眼睛好像被人打了一拳一样难受。威诺瓦费了好大劲才适应了这光亮，当他终于能看清周围的时候，才发现看不看得见都不重要了。

他们在林村平坦的市中心，那只暗黑守卫蛛就在前面不远，站在一个强壮的深红色生物旁边，四周全是万毒蜘蛛，它们正向一座塔里冲，不过它们一看到新来的战士和异者，就立即全都包围过来。

"真是巧啊，"深红色生物看着魔兽战士说，"我还没开始找你呢，你就自己送上门来了。为此，万毒蜘蛛之王毒蛛邪帝对你表示衷心的感谢。"

"少废话。"地之异者低吼道。

毒蛛邪帝大笑起来："不用客气。我特准你们俩观看兹王蝎进入这座城市的全过程。它远道而来一定很饿了，我想你们肯定能做一顿好吃的，是不是啊？"

马陶和风之异者败退进机库的深处，他们一路阻挡万毒蜘蛛，但是都没成功。现在每个出口都有敌人在把守，他们所能做的只剩拖延时间了。

"有什么遗言吗？"马陶边向蜘蛛投掷机器零件边问。

"有，"异者回答，"下一次，一定记得要关好门。"

马陶听到后面传来撞击的声音，回头发现一小队万毒蜘蛛已经破门而入，现在他们夹在两队毒蛛之间，腹背受敌。

"这岛上的泥沼一年四季都很美。"马陶冲着冲过来的毒蛛发射了一只飞轮。

飞轮还没到达毒蛛身边，这时从上方突然出现另一只飞轮，它打中了地板，一堵火墙突然展开，压倒了一片毒蛛。马陶抬头看去，瓦克马和火之异者正站在台阶上。

机库里展开了一场混战，水、冰、火、石等各种飞轮雨点般地向万毒蜘蛛打去，被元素能量冲击的毒蛛们全都撤退出去了。马陶已经猜出了它们的动机，在机库里，它们很容易被躲在暗处的战士们打死，但是既然魔兽战士们都到了，它们就撤退去部署战术，准备活捉战士们。

瓦克马、诺加玛、努祖和奥奈瓦都来到马陶身边，火之异者和水之异者跑去关门。"我看到你们不是不高兴，"马陶说，"我只是很奇怪你们是怎么进来的？"

"我把楼顶的门熔化了，"瓦克马回答，他的声音有点儿涩，"我是——我曾经是——火战士，专门干这个的。"

"不幸的是，你给毒蛛们开辟了一个很好的入口，现在我们想关门都关不了。"风之异者说，"它们很快就会回来的。"

"我只能那么做！"瓦克马争辩说，"我也没看你有什么建设性的意见，异者。"

"在它们回来之前我们得想办法出去，"诺加玛说，"马陶，这里有没有穿过档案馆的地下通道？"

在风战士回答之前，整个建筑摇晃了起来，接着摇得越来越厉害，他们上面的房顶直接被掀起来了，毒蛛们被甩得到处都是。他们吃惊地抬头看去，只见石之异者从高处冲着他们微笑，他胯下的托塔龙正用手把那房顶揉成粉末。

"哦，太好了，"努祖说，"咱们的坐骑来了。"

威诺瓦和地之异者被缠在网里，他们只有在暗黑守卫蛛打开另一个通道的时候才能从黑暗中看到东西。万毒蜘蛛全都退开，急忙去找藏身之地。威诺瓦此时真想成为它们之中的一个，因为兹王蝎就要出现了。

它巨大无比，十分恐怖，看到它，魔兽战士都不得不用意念力支撑着自己的理智。作为一个档案研究员，他从未见过如此吓人的东西。它比周围的建筑都高出许多，看起来就像万毒蜘蛛和乌萨蟹还有其他什么异兽的杂种。它的头和蜘蛛一样，但是能把楼房钳断成两半的两个前爪又像是海洋生物才有的，它有六条腿用来行走，一条蝎子尾巴能把所有它看见的东西摧毁。即使是毒蛛邪帝，看起来也好像在怀疑把这个怪物释放出来究竟对不对。

　　所有的万毒蜘蛛都跑到很远的地方躲了起来，只有一只傻乎乎地沿着蛛网向兹王蝎跑去，兹王蝎一下抓住这只蜘蛛，丢进自己好像裂缝般的大嘴巴里。

　　"真是傻瓜，"异者说，"愚蠢的傻瓜。"

　　"这到底是什么？"

　　"没人知道它的真实名字。"异者说，"它就住在我们刚刚逃出的黑暗中，它不是万毒蜘蛛，不过它曾经帮助过它们。"

　　"为什么？"

　　"它喜欢保持食物源的活跃，"异者回答，"兹王蝎以万毒蜘蛛为食，据说它在庆祝战斗胜利的时候吃掉了一半的同盟军。"

　　"那为什么还把它弄出来？"威诺瓦听了十分震惊。

　　"毒蛛邪帝想置战士于死地。"异者回答道，"即使这需要毁掉整个美特吕和任何其中的生物。"

　　高处的兹王蝎把目光投向了无助的战士和异者，它朝他们走来，发出轰隆隆的声音，它的口水从嘴角滑下，雨点般落到万毒蜘蛛们的塔上。

　　瓦克马举起他的聚光臂，调好角度，让惨白的阳光反射在上面。他旁边的诺加玛也同样举起聚光臂，反射着瓦克马传递过来的光线，接着一个一个战士都做着同样的事情，这是他们进攻的姿势。

　　"我觉得这个计划有点儿问题，"努祖说，"我们怎么能偷袭它们，如果我们骑着托塔龙去的话？"

　　"城里到处都是异兽，它只是其中一个。"冰之异者说，"就是块头稍微大了点儿。"就在一分钟之前，水之异者告诉大家有个来历不明的怪物正威胁着威诺瓦和地之异者的安全，于是大家放弃了夜袭的计划，也不打算浪费时间想什么计谋，而是决定立刻动身去救人。如果他们不快点儿，威诺瓦和地之异者很可能要牺牲了。

现在战士距离万毒蜘蛛建造的塔只有一个街区了，奥奈瓦行走在地面上，他离毒蛛基地最近，克拉卡变成尼瓦克鹰的样子在空中盘旋，寻找毒蛛们力量薄弱的地方，而托塔龙则心烦意乱地边走边把一段段管道扔到海里。

克拉卡在空中一声呼号，这是个信号，奥奈瓦立刻对着地面发射飞轮，他们找到塔周围防御力量最弱的建筑，在那里奥奈瓦释放的石能量可以把地面打出一个深深的大洞，周围的建筑纷纷倒塌，众多蜘蛛被压倒在下面。

这也是通知其他战士进入战斗状态的信号，四位战士对着弥漫在空中的尘土和碎石发射出无数飞轮，这只是混淆敌人的视听，让它们以为来了人数众多的战士大军。

兹王蝎一开始根本没注意到周围的这场战斗，毕竟万毒蜘蛛被打死也不关它什么事儿，不论活的死的，它们吃起来味道都还不错。可是一个火飞轮打到它身上，虽然不算很疼，但却很讨厌，就在离威诺瓦和异者几步之遥的地方，它停下来决定去找找是谁敢攻击它。

"真是好运。"异者说。

"你不了解我们几个战士，"威诺瓦说，"我们自己为自己制造好运。好了，现在我们赶紧挣脱这个破网，免得那个怪兽一会儿再想起咱们俩。"

奥奈瓦、诺加玛、马陶和努祖已经从楼顶上下来，他们可以听到毒蛛邪帝正吼叫着命令万毒蜘蛛紧急集合开始冲锋。冰、石、土等能量流四处飞散，打中了不少毒蛛，也阻碍了一些小分队及时归队；异者们也发射飞轮加入战斗；头顶上，瓦克马正发射一些力量较弱的火飞轮，想要制造更多的烟雾，同时节省火焰能量。

克拉卡第一个看到兹王蝎正奔着火战士瓦克马而去，由于长期生活在黑暗里，这些烟尘对它来说如同不存在一样。克拉卡迅速扑向托塔龙，把爪子直插进它的肉里，被刺痛的怪兽在她的驱使下向兹王蝎飞驰而去。

瓦克马发现兹王蝎冲自己过来的时候已经晚了，它的爪子直朝战士拍打下去，突然，半路杀出的托塔龙猛甩自己的尾巴，将兹王蝎的爪子挡开了。兹王蝎立刻发动第二次攻击，但战士已经抓住机会从楼顶跳下来，兹王蝎的爪子打到了托塔龙柔软的上腹，把它打得连连后退。

看到威诺瓦正努力挣脱万毒蛛网，努祖发射了一个冰飞轮冻住了蛛网，这样只需轻轻一抖，蛛网就纷纷碎落在地。

"这地方真差劲。"冰战士说。

"几分钟之前更糟，"威诺瓦说，"现在怎么样了？"

努祖朝着万毒蜘蛛的塔一指，那塔正在被气、石、水等等飞轮轰炸得支离破碎，他说："我们给万毒蜘蛛上课呢。"

地之异者看着四只闪灵蛛从塔上滚落下来，掉在下面很远处的一张网上。"它们会牢记这堂课的。"地之异者说。

"很好，希望它们永远记住，并且再也不敢来上课了。"

在远处的塔脚下，奥奈瓦正在酣战，他就要忘了战士守则的第一条了。飞轮的射程很长，奥奈瓦可以远距离攻击万毒蜘蛛，因为离得太近，战士们并不能占什么便宜。但现在奥奈瓦杀昏了头，他离毒蛛太近了，现在有几只万毒蜘蛛把他逼到了墙角。

"好呀！放马过来吧！"他喊道，"任何一个石村马特兰人都能收拾你们！他们只需要一根大棍子就能把你们打得落花流水！"

几只包围了奥奈瓦的地幻蛛一起向他发射飞轮，他躲闪开了，但是有一只射中了他的右臂，顿时一阵麻木的感觉从战士的右臂传来，万毒蜘蛛更向他逼近了。

"无所谓，一只胳膊而已，"奥奈瓦接着喊，"我只用一只手就能干掉你们，别被我的表象给迷惑了，你们不是在打一个笨蛋异兽，你们是在打一个战士！"

他话音未落，一只地幻蛛就跳起来将他撞倒在地，它的下颚直抵住奥奈瓦的左手，让他不能活动，其余的毒蛛都围了上来。

在他不远处，马陶正在用一根长管子作为武器和几只毒蛛搏斗，他一转头发现奥奈瓦被毒蛛们扑倒了，如果发射气飞轮可能连奥奈瓦一起都会被吹走，于是马陶轻巧地躲开了夺魂蛛的飞轮，向奥奈瓦出事的地方跑去。他用管子撑住地面，像撑竿跳运动员那样拔地而起，在经过奥奈瓦上空时及时地放开管子，一脚将顶着奥奈瓦的地幻蛛踹飞。

在其他毒蛛围上来之前，马陶一把将奥奈瓦拉起来。"谢谢，兄弟。"石战士说。

"我可不想让你就这么去了，"马陶回答，"没了你，谁还能在我身边让我惹他心烦？"

"我相信你还能找到其他人的。"奥奈瓦说，"现在让我们给这些蜘蛛点儿颜色看看，它们还债的时候到了!"

瓦克马重重地摔在地上之后，好半天都昏昏沉沉地躺在那儿。在他周围，战士们正在为自由和生命而战。他知道他得赶紧起来一起投入战斗，但是这次他却一再犹豫着。自从成为战士，面对死亡甚至更恐怖的事他都临危不惧，可是以前的任何一次，都和这次不同。这次他不想进入战斗状态，因为他知道他其实不应该是火战士——这本是另一个人的命运。如果他真的不该成为战士，那么他就是加入战斗也会必死无疑，因为命中注定要更正这个错误，他必须得死。

他抬起头，模模糊糊地看到万毒蜘蛛们已经在排兵布阵了，一旦它们重新集结力量，战士和异者都不会有活路。他们会死，马特兰人会继续永久地沉睡，再也没人知道曾经有美特吕战士为这片土地战斗过。

也许那样更好，他对自己说。

托塔龙吃了兹王蝎一掌之后连连倒退，撞塌了它身后的一幢楼，克拉卡也险些从它身上跌落。兹王蝎的爪子和前颚划伤了它，但还不至于穿透它带有鳞片的兽皮。托塔龙怒吼着朝兹王蝎扑过去，它的两只前爪抓住兹王蝎，将它拎到空中，然后重重地摔在地上。

兹王蝎却并没有被这一下打垮，它从几条腿上发射出蜘蛛丝，将托塔龙缠住，自己则趁机爬起来，一边嗞嗞地叫嚣一边向对手喷射毒液。

克拉卡摇身变成一条剃刀形状的鱼，从托塔龙背上跳下，顺便划开了那些蜘蛛网，就在落地之前，她又变身成一只吕拉玛虫，向着兹王蝎的眼睛飞去，在她身后，是一只刚从蛛网堆里站起来的极其愤怒的托塔龙。

克拉卡在兹王蝎的眼前嗡嗡地飞来飞去，成功地转移了这只怪物的注意力，就在它发现托塔龙的尾巴冲自己扫过来的时候，已经没时间进行任何防备了，兹王蝎被这一记抽打打得飞了起来，直落在万毒蜘蛛的塔上。

在塔顶，毒蛛邪帝正在观战。魔兽战士们攻其不备，对蜘蛛大军进行突袭，但局势就要扭转了，毒蛛们已经整合好队伍，要一举歼灭战士和异者们。若不是要发生下面这个惨剧，他已经开始准备和露达姬一起庆祝胜利了。

一大片阴影遮住了阳光，毒蛛邪帝抬起头。一开始，他还在想兹王蝎什么时候具备飞行能力了，等他意识到这根本不可能的时候，已经太晚了。

努祖和威诺瓦在塔脚下与诺加玛会合了，她看起来很不高兴："塔太大了，也没有什么破绽，有一半蜘蛛都躲了进去，我看我们没什么办法了。"

"也许我们该换个角度看看，"威诺瓦说，"比如试着像异兽那样思考，而不是像战士这样。"

诺加玛耸耸肩："我可不想试，也许对你来说像异兽和像战士没什么不同，可我试过一次，滋味不怎么样。"

努祖笑了："不是的，他不是这个意思，是吧，档案研究员？现在告诉我异兽最恨什么？"

威诺瓦回想了一下自己曾经在档案馆看的那些资料，还有成为魔兽战士后身体内的变化，他发现答案很简单："被关起来。所有野生动物都害怕被关起来。"

"没错！现在万毒蜘蛛们不想让我们攻进塔里面，要是我们干脆想办法不让他们出来呢？"

威诺瓦正要回答，突然有什么东西撞击到塔身，他们抬头看到，砸到塔上的兹王蝎正从空中朝他们落下来。

"你的朋友需要帮忙！"火之异者说。

瓦克马看看脚下的异者，说："没我他们能做得更好，我相信马陶和奥奈瓦都会这么跟你说。"

"你还在为力刚日记里的话生气呢？瓦克马，既然你已经是一名战士了，成为战士的原因有那么重要吗？你拥有了元素能量——好好地运用它是你的责任。"

瓦克马没说什么，他向着马陶和奥奈瓦走去。火之异者知道自己说服了这名战士，但他同时也感到，有一片阴云正在火战士的内心飘荡着……这阴云黑暗又危险，如同一个幽灵，很可能在不久之后的某一天，要威胁到他们全体的生命安全。

兹王蝎的撞击震得整个林村都摇摇晃晃，惊人的是，这个怪物居然又站起来了，虽然头几步不算很稳。克拉卡又稍微地变身了一下，成了吕拉玛虫的一种变体，它可以远距离蜇人。她用带钩子的针蜇了兹王蝎几下，却发现每次都从它坚硬的壳上弹开了。

托塔龙也看到兹王蝎站起来了，它扯断不少管道，朝兹王蝎扔过去，兹王蝎用爪子挡开，继续向托塔龙发起进攻。

暗黑守卫蛛看着兹王蝎在那里搏斗，这只大蜘蛛一开始还没有弄明白那个巨大的异兽和那个像小昆虫一样的生物是从哪里来的，不过很快它就明白了这两个生物要到哪里去。

它把能量加载到自己的飞轮上，跟着兹王蝎一起向前走去。

毒蛛邪帝紧紧地抓住塔顶的边缘，离他最近的蛛网也在他下面很远的地方，掉下去很可能会穿过蛛网摔死在地上，他觉得还是赶紧回到塔顶比较安全。

这时下面响起一阵轰隆隆的声音，毒蛛邪帝看见一堵土墙正拔地而起，朝着蜘蛛塔包围过来；同时倾盆大雨从天而降，瓢泼般浇在塔上，塔顶的边缘变得越来越湿滑。毒蛛邪帝想最后奋力爬上塔顶，但是手一滑掉了下去，所幸他灵敏地找准方向，落在了蜘蛛网比较结实的地方。

万毒蜘蛛之王像块石头一样摔落在网上，弄了一身蛛丝。他使劲摇了摇头，把蛛丝甩掉，然后看着面前的塔。土墙正紧紧地包围着它，而冰能量又把雨点变成了掉落的冰柱，这些冰柱插进土墙里，使它坚固得如同石头一般，从四面八方封住了整个塔，一个出口都没有留下，绝大部分毒蛛都被困在里面了。多用些时间，它们还是能出来的，毒蛛邪帝想。毕竟他统领这些蜘蛛很长时间了，他了解它们在被困的时候会自己寻找出路，按照之前的情况，差不多有百分之五六十的蜘蛛能活着出来。

毒蛛邪帝用一种上古时期的语言咒骂着，他知道这仅仅是暂时的失利，他会带着新军队回来解救塔里的蜘蛛们的。只不过魔兽战士们会觉得万毒蜘蛛不堪一击，他们再也不会害怕了。

既然如此，只有一个办法，他对自己说，我们一定要让他们重新害怕起来。

瓦克马边跑边迅速思考着：把地面熔化成焦油，万毒蜘蛛还是能发射飞轮和喷射蛛网；火焰弹可以吓退它们但却不能打败它们；用火墙困住蜘蛛的同时也会困住马陶和奥奈瓦。

就在他想不出计策的时候，突然抬头看到空中的一个景象：马陶和奥奈瓦旁边的一幢建筑在地震中被截成两段，它的一半楼层就悬挂在万毒蜘蛛集结地的正上方。

火战士第一次微笑起来。

奥奈瓦和马陶看着冰土之墙包围了蜘蛛塔，确实是个奇观，他们以后怕是再也不会看到了。地幻蛛不停地进攻，战士们也用石飞轮和风飞轮反击，他们觉得有点儿体力透支。

地幻蛛的队长察觉到战士的疲惫，决定结束战斗，它一步步向前逼近。突然一股滚烫的液体浇在它的背上，嗤嗤直响，蜘蛛尖叫着落荒而逃。

接着一场熔化的高温液态能量原雨落下来，打在万毒蜘蛛身上，奥奈瓦和马陶吃惊地看着，一张急匆匆织成的蛛网一接触高温液体就化掉了。

马陶向上指去，只见火飞轮不断打在那个悬挂的建筑上，建筑慢慢熔化成液体，滴落下来。就在这时，一个火飞轮打穿了那个悬挂物的连接点。

"快闪开！"马陶喊道，扑向奥奈瓦，两人差点儿被落下的建筑物残垣砸到。

"你们还好吧？"瓦克马站在一旁问。

"除了差点儿被砸成肉酱，还好。"马陶说，"你最后那一下瞄得不大对吧。"

"很多事情都不大对。"瓦克马回答。

奥奈瓦站起来，把马陶也拉起来，说："事情比你知道的还要多呢，喷火人，事情比你知道的多多了。"

"我要答案!"托塔龙吼叫着，"现在给我!"

兹王蝎给它的唯一答案就是凶狠地一抓，托塔龙闪开之后，兹王蝎又迅速出击，抓住了它的敌人，接着它用自己的蝎子尾猛戳对手，一下比一下狠，托塔龙痛苦地嗥叫着。

克拉卡向地面俯冲过去，在半路她变身成一个洛拉克，她把自己蛇一样的身体缠在兹王蝎的蝎子尾上，拼尽全力往回拉，托塔龙趁这个空当，拔起身边的一座建筑，照着兹王蝎的脑袋砸下去。

兹王蝎放开托塔龙，想要抓缠住自己蝎子尾的克拉卡，幸好她及时抽身朝托塔龙飞去，但托塔龙却一掌把她打飞，她撞上一堵墙，落到地上，碎石如雨点般砸下来，埋住了她。

兹王蝎和托塔龙继续搏斗，它们互相扭打撕咬着，凶猛又狠毒。托塔龙在力气和重量上占优势，但是兹王蝎的爪子、前颚和蝎子尾能让它从各个角度灵活地攻击对手。它瞅准一个空子，用蝎子尾狠狠朝致命处扎下去，想要结束战斗。但这次托塔龙早有防备，它一把紧抓住兹王蝎的蝎子尾，铆足了力气把它折断了。

兹王蝎凄惨地嗥叫着退到一边。

在旁边的一堆瓦砾上，暗黑守卫蛛已经看够了，它冲着托塔龙发射了飞轮。

敏锐的克拉卡看到了这一幕，她知道这意味着什么，如果托塔龙失败，兹王蝎就可以在美特吕肆意妄为，没人能够阻挡它。她勉强站了起来，却已经累得不能再飞了。她想起六位战士，她的身体在慢慢变成他们的样子。

已经没时间发射元素能量流了，她也几乎不能够集中精力，于是，她开始飞速奔跑起来，她用尽全力，疯狂地跑着，她一生从未跑过这么快。她觉得自己已经迟了，在最后一秒，她飞身跃起，向兹王蝎冲去。

飞轮打中了托塔龙，一团阴影笼罩过来，这只异兽将永远被留在黑暗中了。就在这一瞬间，克拉卡拼尽全力撞到兹王蝎身上，把它推向托塔龙。当三只异兽撞在一起的时候，立即被黑暗吞没了。转眼，三只异兽都消失了。

奥奈瓦简直不能相信所发生的一切，他怒吼一声，朝暗黑守卫蛛发射出石飞轮，暗黑守卫蛛转身看见了飞轮却来不及闪避，一块大石压死了它。

魔兽战士又站了好久，看着石块荡起的尘土慢慢落在地上，石之异者走过来站在他身边。

"这算不上纪念她的标志吧。"异者说。

"我能做到的就这样了。"奥奈瓦说，"我想她自己也没有想要什么标志，而且我还是不大明白刚刚发生了什么。"

"你们六个是战士，却在和内心的异兽较量着，"异者回答，"也许她是只异兽，却发现自己内心里有位战士。"

⑩

战斗结束了，没被关在塔里的万毒蜘蛛都撤退到林村的边界待命。几天后，魔兽战士们开始清理战场，同时准备对抗残余的敌人。

奥奈瓦和努祖一起把毒蛛塔周围的冰土墙拆掉，他们一边拆还要一边防备着塔里突然蹿出来的万毒蜘蛛，这项工作确实累人。墙拆完之后，战士们打开塔底的门，准备迎接万毒蜘蛛的攻击。

首先攻击到他们的，是里面传出来的阵阵臭气，在平时万毒蜘蛛的味道就够人受的了，何况它们集体被关了好几天。随着一阵沙沙声，几只狼狈不堪的闪灵蛛走出来，它们看上去都不太想再战斗了。

"我们收拾它们吗？"奥奈瓦问。

"凭直觉的话应该收拾，"努祖回答，"可是我越来越觉得直觉不太靠谱。它们没威胁到任何人，我们还是节省点儿能量对抗就要来进攻的蜘蛛吧。"

第二天，魔兽战士们花了不少时间清理毒蛛塔，赶走还逗留在此地的蜘蛛，把战死的毒蛛下葬。这些累人的活儿都做完后，他们看着蜘蛛塔，不知道如何是好。

"现在该干吗?"威诺瓦问，"把它推倒?"

"推倒它有什么意义?"火之异者问。

"没什么意义，"瓦克马看着异者说，"感觉很爽。"

"这是你心中的异兽在作祟，"异者念叨着，"尽管试试吧，像异兽一样思考，像异兽一样行动，我可以给你讲讲这么多年有多少异兽能逃出万毒蜘蛛的魔爪，这故事不会浪费你什么时间，因为很短。"

"我觉得我们可以用它干点儿别的。"风之异者说，"要是你们这群自称战士的莫卡虎别再这么冲动，我看我们可以好好利用这座塔。"

"说说吧，"诺加玛回答，"我们听着呢。"

奥奈瓦搬起一块石头，朝塔走去，即使对于力大无穷的战士来说，搬石头的活儿也够累的，他边走边回忆风之异者说的话。

"这次我们胜利了，"异者说，"下次我们可能胜利，也可能失败。你们可能攻占下竞技场，唤醒马特兰人民……也可能只唤醒了一部分，然后还得回到这儿做同样的工作。因此在美特吕，你们需要一个安全的基地，这座塔看上去就很不错。"

奥奈瓦同样记得他当时的回答。"你疯了吧，我对石头还是比较了解的，这座塔确实很坚固，不过塔下面的门可以很轻易地被万毒蜘蛛打开，就是闩上门都没用。"

"要是你用我的方法闩门，就管用了。"异者微笑着说。

奥奈瓦站到一堆石块上看着战士们刚刚完成的工程，塔的正面一扇新的大门建好了。根据诺加玛的建议，门上刻了一张面罩的图案，和竞技场的门一样，门后面也配备了铁闸。石战士看了看新门，摇摇头说："还是不够坚固。"

"把那块石头扔了，赶紧过来。"风之异者对他说，然后又对其他战士说，"你们都过来，到这儿来。"

六位战士聚集到门口，火之异者在他们中间走来走去，指挥他们举起自己的工具，轻轻触到新建的大门上。顷刻间，他们的工具都发起光来，很快光亮又消失了。

"这是什么意思？"努祖问。

风之异者跳到一边，捡起一块石头朝大门扔过去。石头就要砸到门上的时候，突然闪电一样的冰火能量从门上蹿出来，把石头击碎成粉末。

"就好像你们可以用工具发射元素能量飞轮一样，"火之异者解释说，"你们也可以用工具让其他物体带有能量，虽然需要多次重复才能让这个用途更完善，但是一旦它成为你们力量的一部分，它阻挡蜘蛛的能力可是惊人的。"

"咱们快邀请万毒蜘蛛来这儿做客吧，"马陶说，"我想试试这门。"

"你会知道的，战士，万毒蜘蛛有个非常糟糕的习

惯，"冰之异者说，"它们从不等受邀请就登门造访。"

露达姬站在峭壁上望着液态能量原海洋，在大堡礁这里可以看到整个城市，她正在享受城市一步步被万毒蛛网封住的快乐。她每次思考什么阴谋的时候都会来这里，还可以远离毒蛛邪帝慷慨激昂的汇报。

很显然，她到这儿来不是为了异化一只吕寇蜂，这里最吸引她的是那块被战士封印封住的液态能量原晶体。晶体后面是黑暗之王——马古他。不论是露达姬，还是毒蛛邪帝，或者其他怪兽，都没有能力解开这个封印，释放她的君主。

但是战士们可以，她想，他们封上的东西，他们有能力解开。如果我能把他们的能力取走，到时候由不得他们不想解。

毒蛛邪帝肯定不会懂的。对他来说，美特吕不过是又一个征服地。他恨魔兽战士只是因为他们不肯臣服于他，他们这样反抗可能会引起其他万毒蜘蛛也想违抗毒蛛邪帝。并且他也知道异者们一直在讲的一个传说，据说有个叫流星锤神兽的东西能把毒蛛邪帝异化的魔兽全都变回正常人。如果真有这么个异兽，而战士们又找到了它……

"胡说八道！"她厌恶地说，"不过是异者们为了鼓励自己瞎编出来的故事，说的年头久了就跟真的似的了。根本没什么流星锤神兽，从来也没有过，就算有……我也知道该怎么对付。"

露达姬转过身，对着那块光滑的液态能量原晶体，想要从里面看见马古他的脸。她只能看到一团模糊的黑影，不过这对她来说已经足够了。她知道他就在那里，即使身体不能动，他也能感知她的存在。

"很快了，马古他，"她轻声说，"我已经用了最有破坏力的武器——事实真相——来对付魔兽战士了，他们肯定经受不住这个打击。他们会完蛋的，他们的精神也会崩溃……而在生命的最后一秒，他们才知道自己回到美特吕来，只是为了从晶体里释放自己最大的敌人。"

马古他没有回答，但是露达姬旁边的黑影更加阴暗了，好像黑暗之王在示意已经听到了。

魔兽战士和异者们坐在他们新近命名的"战士之塔"旁边的空地上。瓦克马用他的火飞轮升起了一堆篝火。魔兽战士并不太需要烤火——实际上，火会引发他们体内的兽性——但是异者们还需要这些元素能量的帮助。虽然他们战胜了敌人，可是气氛却十分沉闷。

"我们干得还是不错的。"诺加玛说，"考虑到……"

"考虑到什么？"马陶问。

瓦克马瞥了水战士一眼，他心里早就知道了问题的答案："你也知道真相了？"

"是的。"她答道，"我们本不应该成为美特吕战士，这是别人的命运。但是现在，不论是好是坏，我都觉得这已经是我们的命运了。"

"力刚知道这件事，"瓦克马反对道，"他违背自己的直觉选了我们，是什么改变了他的主意？为什么？"

奥奈瓦突然站起来："我想我知道为什么。不过这个答案你们一定不想听到。"

看到没人说话，他继续说："回想一下当时的状况，力刚开始怀疑这个城市里有人暗中破坏，于是伪装成长老杜马的马古他派出黑暗猎手追捕力刚，但是马古他不知道在抓住力刚之前他会不会又造出更多的战士。"

"于是马古他夜观天象，发现了只有找到神奇飞盘的马特兰人才能成为战士这一秘密，这些人看上去软弱无力，但是在力刚的领导下，他们会成为最强大的队伍。我想他可能以为力刚会将自己的全部能力转移给战士们……"

马陶真希望能找到什么方法让奥奈瓦闭嘴，因为他已经预感到下面将要发生的事了。

"马古他把选择其他马特兰人的想法植入力刚的脑子里，让他在不知不觉中改变了主意。他选了六个性格刚烈、独断专行、很难相处、不服从任何领导的人，就是我们。"

"这不可能。"努祖轻声叹道。

"我在石村发现了马古他的老窝，"奥奈瓦接着说，"我看到了他自己写下的日记。我们是战士……是马古他挑选出来的。"

"生于黑暗，却要保卫光明，"瓦克马平静地说，"无怪乎我们体内的兽性这么强大。"

"那我们现在该怎么办？"威诺瓦问，"在知道了我们是怎么被选出来的以后。"

诺加玛的目光从战士们的脸上一个一个看过去，然后说："我们要担心的是我们将来去向何方……而不是曾经从何处来。马古他想让我们互相倾轧，他就可以从中渔利。但是我们会打败他的，我们会打败他和任何跟他一样的坏人，因为我们是战士，这就是战士应该做的。"

其他战士点头表示同意，但是在他们的内心深处，疑虑已经开始滋生和蔓延，美好的黎明似乎越来越遥远了。

# 后 记

　　瓦克马说完之后，好长时间大家全都不吭声，突然塔虎不合时宜地爆笑起来。

　　"哈哈！这个笑话真不错，长老，"他笑着解释，"马古他赋予战士们力量……哈哈哈，真是个好笑话，不过别当真，当真就不好玩了。"

　　瓦克马盯着火焰努瓦战士，哈丽在他眼中看到了熊熊怒火。"这不是笑话，战士。这是铁一般的事实。即使是你，曾经面对着布洛和拉希战斗过，也不会知道内心的天人交战是如何痛苦。"他狠狠地瞪了战士一眼，然后轻轻地说，"但是我知道，神啊，我竟然知道。"

　　"所有这些你跟奥奈瓦发现的事情，都是真的？"诺加玛问。

"它是……真的，"瓦克马回答，"但是这还没完，还有更加糟糕的事实……非常糟糕……下次我们再讲。"

"不论你出身如何，长老，你都披着荣耀的战士斗篷，"高柏加说，"你按照马特兰人的三项美德：团结、责任和使命生活着。就算你们战士身份的来历与其他人不一样，你们还是站在一处，团结成一个强大的队伍了。"

现在，轮到瓦克马大笑起来——他长时间的冷笑足以让努瓦战士们做噩梦。"还有很多事情你不知道，"长老说，"非常多的事情你不知道，不过今天晚上就讲这么多吧。今天的星星太闪烁了，篝火也太旺了，不大合适接着讲下去。下面的故事要选一个更好的夜晚，那天要漆黑得如同马古他的心，寒冷得好像兹王蝎的爪子抓住了你的骨头。我们会等来那样的一个夜晚的，到时候再继续吧。"

努瓦战士们都看着长老，回味着他最后的这句话。到时候再继续吧……这是一个承诺，还是一个凶兆？

桂图登字：20－2007－004

**图书在版编目（CIP）数据**

万毒蜘蛛·魔兽战士/（美）法世奇著；吴健秋译.—南宁：接力
出版社，2007.9
（生化战士酷玩小说·大冒险系列；4）
ISBN 978-7-5448-0032-7

Ⅰ.万…　Ⅱ.①法…②吴…　Ⅲ.中篇小说–作品集–美国–现代
Ⅳ.I712.45

中国版本图书馆CIP数据核字（2007）第143311号

责任编辑：王淑青　　美术编辑：卢　强
责任校对：张　莉　　责任监印：梁任岭
版权联络：周梅洁　　媒介主理：覃　莉

出版人：黄　俭
出版发行：接力出版社
社址：广西南宁市园湖南路9号　　邮编：530022
电话：0771-5863339（发行部）　　5866644（总编室）
传真：0771-5863291（发行部）　　5850435（办公室）
网址：http://www.jielibeijing.com　　http://www.jielibook.com
E-mail:jielipub@public.nn.gx.cn

经销：新华书店

印制：山东新华印刷厂德州厂
开本：850毫米×1168毫米　　1/32
印张：5.375　　字数：120千字
版次：2007年10月第1版　　印次：2007年10月第1次印刷
印数：00 001—15 000册
定价：16.00元